文春文庫

つまをめとらば

青山文平

文藝春秋

目次

つまをめとらば

＊江戸時代の単位

（長さ）
一間＝六尺（約百八十センチメートル）
一尺＝十寸（約三十センチメートル）
一寸＝十分（約三センチメートル）
一分＝十厘（約三ミリメートル）

（時間の長さ）
小半刻＝約三十分
半刻　＝約一時間
一刻　＝約二時間
一刻半＝約三時間
二刻　＝約四時間

ひともうらやむ

「なんだ？」

長倉克巳《ながくらかつみ》は怪訝《けげん》そうに言った。目は、長倉庄平《しょうへい》が持参した釣針に向いている。

「なんだ、とはなんだ！」

相変わらずだな、と思いながらも、庄平は答えた。長倉本家《ほんけ》のたいそうな屋敷の、克巳の座敷である。

「十日前、どうしても今日までに釣針が欲しいと言ったではないか」

「そんなこと、言ったか」

「ああ、言った。こっちは無理をして仕上げたのだ」

庄平も克巳も御藩主を間近でお護《まも》りする本条《ほんじょう》藩御馬廻《おうままわ》り組の番士《ばんし》だが、庄平は剣術にも増して釣術《ちょうじゅつ》の俊傑《しゅんけつ》として知られている。庄平の鍛える釣針や竿《さお》は引っ張りだこで、近頃では隣藩《りんぱん》でもその銘《めい》が知られるようになった。

「そんなに無理することはなかったのに」

克巳は悠長な声で言う。二人とも御馬廻り組三番組に属していて、今日は非番だ。秋の寝そべった陽《ひ》が、表替《おもてが》えをしたばかりの青い畳を撫《な》でる。庄平の組屋敷では、畳表《たたみおもて》など張り替えたことがない。

「俺とおまえの間柄《あいだがら》だ」

庄平は憮然《ぶぜん》として答える。

「おまえにしてみれば、すっかり忘れちまうくらいのほんの思いつきでも、俺としては、頼まれれば無理をしないわけにはゆかない」

二人とも長倉家の惣領《そうりょう》である。ただし、克巳は本条藩の門閥である長倉本家で、庄平は分家の分家だ。おまけに十年ほど前、庄平の父の仁三郎《にさぶろう》が勘定所勤《かんじょうしょ》めをしていたとき、四十両の御用金を置き忘れて紛失するという失態を演じて、本家に尻ぬぐいをしてもらった。

三割に減知《げんち》されたとはいえ、いまも家禄がつながり、庄平が上級藩士の惣領のみで編成される御馬廻り組に番入りできたのは、ひとえに家老の職にある本家当主の長倉恒蔵《こうぞう》の助力による。縁戚につらなる同《おな》い齢《どし》の若者とはいえ、対等の付き合いなど望むべくもない。

「また、そんなことを」

邪気のない笑みを浮かべながら、克巳は言う。城下の娘たちを惹《ひ》きつけてやまない端整な顔立ちに、わずかに隙《すき》ができる。

「笑わせてくれるぞ」

克巳はまったく取り合わない。縁戚だから、というのではなく、庄平をとびっきり気脈の通じ合う輩《ともがら》であると信じ込んでいる。

「しかし、ま、言っておいてよかった。庄平の釣針は得がたいからな」

門閥の惣領らしく、克巳は苦労知らずだ。しかし、克巳に限っては、苦労知らずゆえのわるさよりも、苦労知らずゆえのよさのほうが遥かに多い。

克巳は人をだますことを知らないし、人を疑うことが下手である。類《たぐい》まれな容姿を鼻にかけることもない。というよりも、気に留めていない。剣にしても同様だ。克巳と庄平はともに、城下で脇谷《わきや》派一刀流を導く至道館《しどうかん》の目録《もくろく》である。けれど、道場の外の克巳は己《おのれ》が手練《てだれ》であることを忘れている。

秀《ひい》でた資質に恵まれた者は、その秀でた資質に囚《とら》われやすいが、克巳は自由だ。だから庄平も、立つ場処のちがいを忘れずにいつつも、朋輩《ほうばい》のような口をきくことができる。庄平が克巳をつくづく羨《うらや》ましいと思うのは、誇るべきものがあり余っているにもかかわらず、いつもふんわりとしている、その気持ちのあり様《よう》だ。

「忘れたのは済まんが、実はな……」

急に口調を変えて、克巳は言う。

「このところ、どうにも気鬱《きうつ》でな」

「気鬱？」

「ああ」

「気鬱というのは、気がふさぐ、あの気鬱か」

「他になにがある？」

克巳に、最も似合わない言葉だ。

「なにか思い当たることはあるのか」

「それが、ある。女だ」

「恋わずらい、ということか」

「そういうことになろう」

ますます、克巳らしくない。克巳は恋わずらいをするほうではなく、させるほうだ。いったい、どういう風の吹き回しだろうと訝《いぶか》る庄平に、克巳はつづけた。

「世津《せつ》殿だ」

名前を聞いて、ああ、と腑《ふ》に落ちる。城下の女で克巳に恋わずらいをさせるとしたら、世津しかいない。庄平とて、その名前をなぞるだけで、にわかに気持ちが落ち着かなくなる。

庄平は来月、同じ家格《かかく》の堀越《ほりこし》家の娘である康江《やすえ》と祝言《しゅうげん》を挙げることが決まっている。胸のざわつきにかすかな罪を覚えつつ、世津殿な……、とつぶやいた。

「どう思う？」

「どう思う、と言われてもな……」

女で気鬱になる克巳に戸惑《とまど》いながらも、やはり、克巳はたいしたものだと思う。

庄平を含めた本条藩の若手の藩士にとって、世津はあくまで憧れの女人《にょにん》だ。生身《なまみ》の恋の相手として、考えることなどできない。

世津はとにかく、美しい。もう、どうにも美しい。ただ美しいのではなく、男という生き物のいちばん柔らかい部分をえぐり出して、ざらりと触《さわ》ってくるほどに美しい。

しかし、世津に手を伸ばせないのは、それだけでもない。

言ってみれば、世津は、かぐや姫なのだ。

月からやってきて、やがて月に還《かえ》ってゆく……。

「このままでは、さっぱり気持ちが晴れぬのでな」

色づきはじめた庭のイロハモミジに目をやって、克巳は言葉を足した。

「思い切って、世津殿を静山祭《せいざんさい》に誘うことにした」

「告げたのか!」

やはり克巳は自分たちとはちがう、と庄平はあらためて嘆ずる。あの世津を、静山祭に誘った……。

「ああ、告げた」

静山祭は、本条藩の御藩祖、山科《やましな》静山公をお祀《まつ》りする静山神社で催される秋の大祭《たいさい》だ。

その日、陽が落ちてからは無礼講《ぶれいこう》で、つまりは、想《おも》い人《びと》を得る夜になる。

「世津殿はなんと?」

自分のことでもないのに、胸の鼓動が大きくなった。静山祭はもう八日後に迫っている。

「はっきりと断わられて、きれいに忘れるつもりで申し出たのだがな……」

克巳はイロハモミジから目を戻す。

「ああ」

「なんと、承知してくれた」

「まことか！」

「まことだ。行ってみたいと思っていた、と言ってくれた。しかし、そうなったらそうなったで、なんとも落ち着かぬ」

そんなのは当り前ではないか、と庄平は思う。あろうことか、かぐや姫に手を出そうとしているのだ。

「いざとなると、喜びよりも、不安のほうがまさってな」

柄《がら》にもなく、ふーと大きく息をついた。

「はたして俺で相手が務まるかなどと、腰がひけてしまうのだ。こんな気持ちになるのは初めてだが」

やはり、世津はかぐや姫だ。克巳を、人の子にさせる。

「どう思う？」

また、克巳は問う。

「どう思う、と言われてもな……」

また、庄平は答えた。

誰が、おまえなら、だいじょうぶだ、などと言ってやるものか。

世津はこの春に本条藩の藩医に加わった医師《いし》の娘である。

父の名を、浅沼一斎《あさぬまいっさい》という。

一斎はただの医師ではない。

家禄二百五十石と破格の待遇で迎えられたことが、並々ならぬ力量を物語っている。

一斎は鍛え抜かれた西洋外科医なのだ。

ずっと日本の西洋外科を引っ張ってきた栗崎《くりさき》流の外科医として四十過ぎまで奮闘した後に、長崎の成秀館《せいしゅうかん》に学び直して紅毛《こうもう》流外科を修めた。

成秀館は、阿蘭陀《オランダ》語の大通詞《おおつうじ》にして、かのツンベルクに師事した外科医の泰斗《たいと》である吉雄耕牛《よしおこうぎゅう》が開いた家塾である。全国の俊英が集まる、その成秀館でも一斎はまたたく間に頭角を現わし、二年と定められた吉雄流の修了年限と、一年の阿蘭陀商館での研修勤めを終える頃には、本条藩を含めて全国から招聘《しょうへい》の声がかかった。

そのなかには、幕府の御番医師《ごばんいし》にという話もあった。それも、ほどなく御当代様《ごとうだいさま》の脈をとる奥医師《おくいし》に上がることを含んだ御番医師である。にもかかわらず一斎が本条藩を選んだのは、いまは亡き一斎の父の浅沼玄哲《げんてつ》がかつて本条藩主の恩顧《おんこ》を受けたことがあるからだった。一斎は最新の外科の知見《ちけん》を追い求めてやまない進取《しんしゅ》の精神と、古風な律儀《りちぎ》さを併せ持つ人だった。

だから、というべきか、一斎は藩医になるにあたって、ひとつの条件を出した。御藩主のみならず、藩士、そして領民の治療にも当たることを望んだのである。

それは、多くの臨床に携わることによって紅毛流外科の技を検証し、さらに高めたいという医師ならではの欲とも言えようが、本条藩のためにできる限り役立ちたいという想いの現われでもあっただろう。

一斎の願いはかなえられ、城下の仙崎《せんざき》に診療所がしつらえられて、月に六日、下に三と七の付く日に門戸が開けられると、前の路《みち》には早朝から行列ができた。そして、日を経るにつれて、行列はますます長くなるのだった。並んだ人々は、それぞれの住処《すみか》に戻ると等しく熱を含んだ口調で、一斎の施療の素晴らしさを称《たた》えたのである。

それまで仙崎にいた外科医は西流《にし》を学んだ若手の高浜周石《たかはましゅうせき》という医師のみで、西流にではなく周石その人の習熟度に問題があった。すぐに、どうしようもない力の差を見せつけられた周石が、西流外科の看板を外して一斎に弟子入りすると、行列はますます長くなった。

そして、もうひとつ、人々が口々に褒《ほ》めそやしたことがあった。

ひとしきり語り終えると、人々は決まって、それにね、と付け加えた。一斎先生を手伝われている娘御《むすめご》の世津様のお優しく美しいこと。ああいうお方こそ、女菩薩《にょぼさつ》というんだろうね。

そういうわけで、やがて本条藩の若手藩士たちが、世津詣でに励むようになるのに時はかからなかった。

一斎は月に六日の診療日の夜の居間を若手藩士たちに開放した。それも、本条藩への恩返しのひとつらしく、本式に蘭学を講じる時間をとれない代わりに、できる限り若手との雑談に応じて、より広い世界への窓となろうとしているようだった。

ただし、そこでの主役は、一斎よりもむしろ世津だった。

本条藩で二百五十石取りといえば、御目見以上《おめみえいじょう》の平士《ひらし》のなかでも上級であり、住まう屋敷は表と奥がしっかりと隔《へだ》てられている。つまり、通常は妻女《さいじょ》が客の前に姿を見せることはない。

しかし、そこは長崎に学んだ西洋外科医なのだろう、一斎は世津を奥に仕舞《しま》いこもうとはしなかった。むしろ、意図して表に出そうとしたし、十九歳の世津は世津で、なんのためらいもなく若手藩士たちの前にこぼれる笑顔を披露した。

「長崎の吉雄先生の御屋敷には、渡来《とらい》の見たこともない生き物がたくさん暮らしておりますの」

銀杏《ぎんなん》の形をした目をくりくりと動かしながら、世津はそういう、たあいないともとれる、しかし、目新しい話をたくさんした。

「見たこともない、といいますと、どのような生き物なのでしょうか」

「綿羊《めんよう》とか鰐《わに》とか、あとロイアールトとか」

「ろい、あーる、と……」

「まだ、日本の言葉の名前がないんです」

そう答えると、世津は器用に筆を動かして、毛がふさふさとした、奇妙な猿が木の枝にぶらさがっている絵を描いた。世津の美しさは清楚というよりも、どちらかといえば艶《えん》を伝えてくるものだったが、診療所に立ちこめる新知識の空気が、二十歳《はたち》になろうとする世津の躰《からだ》から溢れ出そうとする女をせき止めているようだった。

もしも一斎が世津を誘い水にして若手藩士たちを蘭学の世界に誘《いざな》おうとしていたとしたら、相当に功を奏したと言ってよいだろう。一斎の屋敷の居間に通った者からは、天《てん》真楼《しんろう》や芝蘭堂《しらんどう》で学ぼうとする者が現われたし、そうでなくとも、もはや彼らは世津詣でを繰り返す前の彼らではありえなかった。多かれ少なかれ、彼らは国境《くにざかい》の向こうに、ろい、あーるとが木の枝にぶらさがる世界が広がっていることを知ってしまったのだ。

「いつまで、いらっしゃるのであろうな」

居間での語らいからの帰り路、十二、三人もいた藩士の一人がそういう台詞《せりふ》を口にしたことがあった。

「一斎先生か、世津殿か？」

即座に皆が、話の輪に入った。

「どちらも同じだろう。先生がこの国を離れれば、世津殿も離れることになる」

「そうとも限るまい」

あちこちから、てんでに声が上がった。

「どういうことだ？」

「誰かが世津殿を嫁に迎えれば、先生は去られても世津殿はこの国にとどまる」

瞬間、沈黙があって、すぐに大きな笑いの渦に包まれた。

「誰が嫁に迎えるのだ？　おまえか」

言った当人は真っ赤になって押し黙った。

「いずれにせよ、我こそはと思う奴は早くしたほうがいいぞ。一斉先生がこの国に来られたのは、昔、お父上が受けた恩を返すためと聞く。となれば、三年もいれば十分に義理は果たしたとみなしてよいだろう。そのあいだに、なんとかせねばならんということだ」

「いや、三年は長い。一斉先生ほどのお方だ。この春に他の話を断わっていただけただけで、けじめはついている。二年、いや一年だって御藩主は得心《とくしん》されるだろう」

「一年か……」

それぞれの唇がまた動かなくなった。

多人数の足音だけが響いて、皆が皆、沈黙に耐えられなくなった頃、誰かが、克巳なら、どうだ、と言った。

「長倉、克巳か」

一人がゆっくりとつぶやくと、次々に言葉がつづいた。

「そうか、克巳がいたか」

「なんで、思いつかなかったのか」

「克巳なら、ありうるかもしれんな」

たとえ人の妻ではあっても、月に還ってしまわれるよりは、地上にいてくれたほうが遥かによいと、皆が思っていた。

結果として、克巳は皆の期待に応えることになった。

縁組はばたばたと進んで、年明けを待たず、十一月の七五三の前にはもう、世津は長倉本家の屋敷に入った。

克巳は、とにかく世帯を持つという事実を少しでも早くつくりたかったし、周りもこぞって後押《あとお》しをした。城下はもとより在方《ざいかた》の領民さえ、この縁組がまとまりさえすれば、一斎先生がずっとこの土地にいてくれると信じたがった。

祝言には庄平も出て、まさに美丈夫《びじょうふ》と美形《びけい》の、絵に描《ま》いたような組合せを認め、うまくいく者はどこまでもうまくいくものであることを目の当たりにしたが、その後は、もろもろ理由が重なって、幸せな二人を見せつけられることはなかった。

御馬廻り組の組替えが行われて、御勤めで克巳と顔を合わす機会はなくなったし、非番の日は非番の日で、やるべきことが積み上がっていた。

克巳と世津が縁づくよりも少し前、庄平はかねてからの予定どおり、堀越家の康江を嫁に迎えており、さまざまに雑事を抱えていた。他家の者が一人でも家に入ると、どういうこともないことが、しばしば、たいそうなことになることを、日々、学んだ。

それに、釣術師としての庄平にとって、十月の末から年末までは最も繁忙をきわめる季節だった。

その頃、釣竿に用いる苦竹《にがたけ》が水揚げを終える。根が水を吸い揚げなくなった時期を見はからって竹林《ちくりん》へ通い、頃合いの竹を収穫するのである。

鋸《のこぎり》で竹を切り取るのであれば手間もそこそこだが、鋤《すき》を使って掘り取る。それも、自ら専用の鋤をこしらえて、深々と掘り取る。竹の根のところまで使うことで、竿の長さを確保するためだ。

釣りの仕掛けは切れやすい。テグスは栗虫《くりむし》の腸《はらわた》から取るし、道糸《みちいと》は絹糸を細く撚《よ》ったスガ糸である。その切れやすい仕掛けで二尺近い黒鯛を釣り上げるためには、竿の手元から穂先まで、全体を大きくしならせる必要がある。手の力ではなく、曲がった竿が元に戻ろうとする力を使って、糸をいたわりつつ引き上げるのである。つまりは、竿は長く、細いほどよい。黒鯛竿の、長さ、三間《けん》五尺、太いところでも径五分という定寸《じょうすん》は、そのようにして落ち着いた。苦竹で、この定寸を守ろうとすれば、おのずと根まで使うことになる。

掘り取った苦竹は枝を払い、根を整えて、春まで天日《てんぴ》にさらす。乾くあいだに竹は化けるので、天日干しの段階では、とにかく数を揃えなければならない。名竿《めいかん》に鍛えるためには、春を待って行う矯《た》めの出来《でき》がものを言うが、それも、元々の苦竹の素性《すじよう》のよさがあってのことだ。すべては、冬のあいだに、しかるべき竹がどれほど穫《と》れるかにかかっている。名竿といわずとも、釣り勝負に用いうる一本の竿を手に入れようとすれば、数十本の苦竹が要《い》る。

収穫の季節は限られているし、非番を使っての仕業《しわざ》である。竹林に立つときは一日でその数十本を掘り取り、かついで持ち帰ることになる。若い躰にも、相当に難儀だ。が、庄平はその難儀が好きである。

わずかな風でも枝葉がこすれ合う竹林はざうざうとにぎやかである。そのにぎやかさがもろもろの雑事の音を消し去って、逆に静けさをもたらす。一心不乱に鋤を突き、枝《えだ》根《ね》を払って、躰が白い湯気を上げるようになると、竹林の外で背負《しよ》い込んできた、あれやらこれやらがきれいに霧散していく。竹林をあとにするときの庄平の躰は、肩にかついだ束《たば》の重さの分だけ軽くなっている。それも庄平が、釣りにのめりこんだ理由のひとつだ。

そういうことで、庄平が再び長倉本家を訪れたのは新年の挨拶廻りのときだった。いくら好きな竹林通いとはいえ、ひと月以上もつづければ、やはり華《はな》やいだ空気も恋しく、久々に誰もが羨む眩《まぶ》しい二人と顔を合わせて、のろけでもなんでも聴こうと思った。

が、あいにくと克巳は年始廻りに出ており、世津はといえば、そこは門閥の家格のけじめで、表には出てこなかった。

共に長倉本家の門をくぐった若手たちは、落胆の色を隠さなかった。

例年ならば、長倉家老から直々《じきじき》に屠蘇《とそ》をふるまわれれば、それだけでかしこまったものなのに、その年に限っては帰りの門を出るやいなや、なにも、今日を選んで年始廻りをすることもあるまい、と口をとがらせた。

「例年、俺たちがこの日に長倉本家へ詣でることは分かっていたはずだ」

「そうだ。分かって外したとしか思えん」

「俺たちと顔をつきあわせれば、世津殿と会わせねばならんと思っているのだ」

「己の妻にしたからといって、独り占めはないぞ」

それぞれに、勝手を言った。

「考えてみれば、あいつは祝言以来、一度たりとも我々に世津殿を披露する場を設けておらん」

「このまま誰にも会わせずに仕舞いこんでおくつもりか」

「克巳は世津殿が一斎先生の娘であることを忘れておるのだ」

「まったくだ。そこいらの嫁と同じと見なしておる。とんだ考えちがいだ」

しかたなく、庄平は口を挟んだ。

「克巳は長倉本家の惣領だぞ」

言葉の勢いほどに皆が腹を立てているわけでないことは分かっていたが、半《なか》ばの本気も伝わってきた。

「惣領として、今日、挨拶に出なければならんことがあったのだろう」

このまま放っておけば、当人たちの思惑に関わりなく、軽口《かるくち》が軽口でなくなってしまうこともありうる。彼らのためにも、話を納めるきっかけを与えなければならなかった。

「物分かりがいいな、庄平」

一人が、庄平の垂《た》れた針をふかす。

「しかし、ま、庄平がそう言うなら免じよう」

そして、喰いついた。

「庄平にさからうと、釣術試合の勝負竿《しょうぶざお》が手に入らなくなるからな」

すぐに、皆がならった。彼らにしてからが、上滑《うわすべ》っている気味を感じていたのだろう。

本家の嗣子《しし》を護るのは分家の務めだ。

あえて、もっともらしいことも口にせねばならない。

でも、そのときの庄平は、真《しん》からそう思って言っていた。

克巳はふんわりしているように見えて、大人であるべきところは十分以上に大人である。周りに広く目を配ることができるし、門閥の出自《しゅつじ》がよい目に出たときの器《うつわ》の大きさも備えている。いくら惚《ほ》れ抜いて得た嫁とはいえ、皆に会わせないなどという子供じみた真似《まね》をするはずもない。

きっと門閥の惣領は門閥の惣領で、釣術にかまけていられる自分には想いも寄らぬ、もろもろの面倒があるのだろう。

皆と同様に、庄平も気落ちはしたが、ほどなく世津をまじえて、言葉を交《か》わす日が当り前になるのを疑わなかった。

二月に入ると、しかし、それどころではなくなった。正月が終わるのを待っていたかのように、国に風病《ふうびょう》が流行《はや》り、庄平の母の民《たみ》が逝《い》った。あとを追うかのごとく、ひと月後、二年前から中風《ちゅうふう》で床《とこ》に臥《ふ》せった切りだった父の仁三郎も息を引き取った。

その間は、亡くなった母に代わって康江が父を看《み》てくれた。世話はおざなりではなく、気ばたらきに満ちたもので、康江に代わってからも、一度たりとて床ずれをおこさなかった。深夜、仁三郎の躰の向きを替えるために起きようとする康江に、すまんな、と声を掛けると、なにがですか？　と、怪訝な顔をよこした。庄平は構えを忘れて感謝をし、よい妻を得たと気づかされた。

庄平とて、いつ当主になってもおかしくはない齢とはいえ、子は子だった。わずかふた月のあいだに相次いで両親を失えば、知らずに気持ちの底が冷える。そんな寒々とした庄平に、康江はじんわりと、家族のみが発しうる温《ぬく》もりをくれたのだった。

嫁に迎えたときから、康江は康江と思うことにしていたが、胸の内で、世津とまったく比べなかったといえば嘘になる。

顔かたちはやはり、世津に及ぶべくもないと正直、感じた。目も鼻も口も、ひとつひとつの顔の造作《ぞうさく》はけっしてわるくない。が、すべてをひっくるめると、どうにもひなびて見える。気だてにしても、地方の藩で禄を食《は》む並の武家の娘そのもので、樹陰《じゅいん》に咲く小さな花のようだった。

しかし、半年近くを共に過ごしてみれば、それがよかった。多感な齢頃《としごろ》を長崎で送った世津との暮らしは心が湧くものであろうが、長倉分家にはふさわしくない。この土地の、並の武家の始末を躰で知っている女でなければ、暮らしが回っていかない。ふた親を見送る日々のなかで、庄平はいつしか康江と世津を比べなくなっていた。

久々に、克巳と言葉を交わしたのは、そうして夫婦二人だけの暮らしにようやく馴染《なじ》んだ四月である。

すでに春は終わっていた。本来ならば、干し上がった苦竹を真っ直ぐに整える、矯めを済ませていなければならない。木蠟《もくろう》を塗り、丹念に炭火で炙《あぶ》って、露呈《ろてい》した癖を直していくのである。やり残してしまったその仕事に、作業小屋に造りかえた納屋で精を出していた日の四つ半、克巳がひょっこりと姿を現わし、目が合うと、立ったまま、始めたのか、と言った。

「ああ」

野辺送《のべおく》りでも顔は合わせたものの、それはあくまで葬儀のうちでのことだった。話らしい話はしていない。

「すぐに梅雨《つゆ》になる。急ぎ仕事はしたくはないが、急がねばならん」

ずいぶんと無沙汰《ぶさた》していたが、久々に間近で接する克巳は、見知った克巳とまったく変わらず、昨日会ったばかりのようだった。

別に期待をしたわけではなかったが、克巳の気性と流れからして、次は、両親を亡くしたことへのいたわりの言葉が出てくるものとばかり思った。

「そういうときに済まんがな」

が、ちがった。

「実は、頼まれてほしいことがあるのだ」

まったく、ちがった。

「なんだ」

庄平は苦竹を炙る手を止めた。片手間《かたてま》、でできる技ではない。

「世津を見張ってくれんか」

話はあまりに、藪《やぶ》から棒だった。

「どういうことだ」

ともあれ、庄平は克巳を座らせた。そして、克巳の目を真っ直ぐに見た。心なしか、定まらない。

「離縁してくれ、と言ってきた」

「世津殿、がか」

「知れたことを訊《き》くな」

庄平にしてみれば、とても、知れたこと、ではなかった。

「いつ？」

「よりによって正月だ。まいったぞ」

「なぜだ」

年始廻りを思い出しながら、庄平は問うた。ならば、あの日、やはり克巳は皆が来るのを分かって外したのだろう。人知れず悶々としていた、克巳の想いが偲《しの》ばれた。

「飽きたそうだ」

言いにくそうに、克巳は言った。

「飽きた？」

「ああ、この国にも、俺にもな。あいつはな、庄平、女だぞ。皆が想っているような女菩薩ではない。いや、女菩薩は女菩薩でも、もうひとつの女菩薩だ」

女菩薩には、菩薩のように慈悲深い女人の他に、遊《あそ》び女《め》という意味もあった。

「珍しい渡来のもろもろに囲まれて遊び暮らしていたあいつには、この国はなんとも退屈なのだろう。一年近く経って、もうどうにも我慢がきかなくなったのだ」

声がかすかに震えた。もはや庄平も、克巳がいつもの克巳ではないことを認めなければならなかった。

「退屈しのぎに俺にちょっかいを出してみたが、田舎大名に仕《つか》える門閥の家の暮らしなんぞ、その退屈を煮詰めたようなものだ。一見、華《はな》やかのように見えて、その実、旧弊にがんじがらめになっておる。少しはおもしろいかと期待していただけに、落胆も極まるのだろう。やはり、俺では相手が務まらなかったということだ」

初めて、克巳から、世津のせいで気鬱だと聞いた、去年の秋の日がよみがえった。

「むしろ、おまえと一緒になって、釣りでもやっていたほうが、まだ持ったかもしれん」

「戯《ざ》れ言《ごと》はよい」

「戯れ言でも言っていないと堪《たま》らんのだ、庄平」

「そうか……」

「おまえにしか言えん」

はっきりと、声がゆがんだ。

克巳は、傷《いた》んでいた。

「未練があるのだよ。あいつは離縁をなんとも思っておらん。路で挨拶を言うように、離縁を言い出した。あいつが遊び女のようであればあるほどに、未練が募《つの》るのだ。別れるなど、考えられん」

顔をうつむけると、驚いたことに、小屋の床板にぼたぼたと涙が落ちた。

庄平は目の前の光景が信じられなかった。あの長倉克巳が泣いている。なにをやらせても本条藩随一の男が、女に別れを持ち出されて、泣いている……。

「みっともなかろう。ぶざまであろう。俺とて許せん。己が許せん」

床板に目を預けたまま、克巳は言った。

「俺は長倉本家の惣領だ。否応《いやおう》なく、藩政を担うことになる男だ。藩士に、死ね！　と命じることになるかもしれん男だ。そやつが、この体《てい》たらくだ」

分かっているのだ。克巳らしく、みな分かっている。

自分にできるのは、すべてを吐き出させることだけだ。とにかく聞いて、腹に溜めこんだ毒を抜かなければならない。

「で、どう見張る？　逃げ出さんように、監視でもしようというのか」

「そうではない」

克巳は顔を上げ、口を大きく動かした。傷んでいるのに、責める言葉には力がこもる。

「大本の理由は退屈だが、離縁を切り出すには、もっと直接のきっかけがあったはずだ」

「直接のきっかけ？」

「俺は周石だとみている」

「しゅうせき……」

すぐには誰と分からなかった。

「浅沼一斎に弟子入りした高浜周石だ。きっと、世津はあの男とできている」

「ばかな」

たしかに周石は独り者で、三十を越えたばかりだ。しかし、背は低く、小肥りで、どうにも風采が上がらない。どこから見ても、世津とは釣り合わない。

「男と女だ。見てくれは関わりない。たしかに、二人はつながっている。その確証が欲しい」

「見張って、不義の確証をつかもうというわけか」

「そうだ」

こいつはいかん。庄平は、思う。克巳は墓穴を掘っている。懸命になって、己を埋める穴を掘っている。

「つかんだら、なんとする？」

「定法《じょうほう》どおり、妻仇討《めがたきう》ちにする」

深く、深く、掘る。

「やめろ！」

厳然と、庄平は声を張り上げた。

「くだらん！」

ここは、言わねばならない。本家の嗣子を護るのは、分家の務めだ。いまこそ、克巳を護らなければならない。

「くだらん、と……」

「ああ、くだらん」

不義を犯した妻と、その相手を討ち果たすのが妻仇討ちだ。が、この仇討ちに限っては、本懐《ほんかい》を果たしても誰も喝采《かっさい》を送らない。

妻を寝取られた男の烙印《らくいん》は永遠について回り、じわじわと気持ちの背筋を犯す。妻仇討ちは、不義の道行きが誰にも知れ渡ってしまって、しかたなしにやらねばならぬものなのだ。自分から不義の事実を掘り起こして、剣を振るうなどばかげている。

まして克巳は、門閥の惣領だ。藩士と領民の人望を集めなければならない男だ。それが十分にできる男でもある。あり余る資質と、快活な気質を天から授けられている。こんな出逢いがしらの厄介《やっかい》さえ切り抜ければ、克巳にふさわしい前途が待っているのだ。なんとしても、妻仇討ちなどさせるわけにはいかない。この男にはけっして、烙印を刻ませてはならない。

庄平は克巳から目を離し、道具置場を見渡した。釣り道具の受け渡しを書き留めておく、筆記用具があったはずだった。

目当てのものを見つけて、さっと腰を上げ、戻って手早く墨を摺《す》る。

終わると、克巳の前に紙を置き、筆を差し出して、そして、命じた。

「書け！」

「なにを……」

うつろな目で、克巳は問う。

「去り状だ!」

「去り状……」

「世津殿に渡す去り状だ。三行半《みくだりはん》だ。さっさと書け」

克巳の様子からすれば、もはや元の鞘《さや》に戻すのは難しかろう。無理に丸く納めても、遠からず弾《はじ》ける。

ならば、ことが赤裸々《せきらら》にならぬうちに、克巳のほうから離縁するしかない。これが、唯一の、出口だ。

真相がどうであろうと、もはや関わりない。男と女に真相はない。あるのは、事実だけだ。

このままでは、もっともらしい慰撫《いぶ》の言葉を並べているあいだに、なにかの弾《はず》みで、今日明日にも世津を殺《あや》めかねない。

あるいは、克巳は不義などないのを承知していながら、たとえ殺めてでも、世津を己のもとに留め置こうとしているのかもしれない。

「俺は……」

克巳の右手がぴくりと動く。

「世津の見張りを頼んだのだ」

声に力はない。

「つべこべ言わずに書け！」

言葉とともに、庄平は克巳の右手をつかんで、筆をとらせた。

「文面は知っていよう。まずは、離別一札の事だ。さあ、書け。渡すかどうかは、あとから考えればよい。とにかく、書け」

いまは、方便でもなんでも使う。

「あとから、考えるか……」

「ああ、そうだ」

ひとつ大きく息をつくと、克巳は見事な筆さばきで三行半を書いたが、そこで筆は止まった。

「日にちと名が抜けてるぞ」

「そうだったな」

再び、筆が動く。

「では、まいろうか」

書式が埋まったのを見届けると、庄平はすっと立ち上がった。

「どこへ？」

克巳が見上げる。

「御本家だ。おまえの屋敷だ。俺も共にまいる」

一緒に行って、ともかく、世津に去り状を渡させる。

「庄平……」

ゆっくりと、克巳は立った。声は意外に穏やかだ。

「だいじょうぶだ。一人で、渡せる」

庄平の騙《かた》りを、怨《うら》む気配はない。

「わるいが、ここは、信じるわけにはいかん」

とはいえ、鵜呑《うの》みにはできない。

「信じてくれ。書いてみて、俺がほんとうはここへなにをしに来たのかに気づかされた」

克巳は丁寧に去り状をたたんで、懐《ふところ》に入れた。

「これが、欲しかったのだ」

そして、つづけた。

「おまえはおっきいな、庄平」

「なにがだ」

「言わずとも、俺が腹の深くで望んでいるように、もっていってくれた」

声は、揺れていない。

「俺はこう、したかった。お蔭で、気が鎮《しず》まった。自分でも驚くほどにな」

たしかに、三行半を書き終えた克巳は別人のように見えた。

おそらくは、屋敷でも、書こう、書こうとして、果たせなかったのかもしれない。

「いまは、迷いなく、これを渡すことができる。もう、だいじょうぶだ」

そこまで言われれば、なおも同道するとは口にできなかった。

「信じてよいのだな」

「ああ、信じてくれ。戻りしだい渡す。ではな」

克巳が戸を引くと、初夏《はつなつ》のまばゆい陽を照り返す、木立《こだち》の新緑が目に入ってきた。


背中を見送ってからは、もう、どうにも気が集まらなかった。

再び、矯めにかかろうとはしたものの、手につくはずもない。

躰でも動かして気持ちを切り替えようと小屋を出、肌脱ぎをして木剣を振ってみたが、十振りと数えぬうちに、袂《たもと》を合わせた。

なにをしていても、すぐに母屋《おもや》に戻り、着替えをしてあとを追いたくなる。

つまりは、屋敷にいてはいかんということだ、と、庄平は思った。

こんなときは、やはり磯だろう、と、丸四年、矯めを繰り返してこさえた、まだ下《お》ろしていない竿をかつぎ、小半刻《こはんとき》ばかり歩いて着く岬へ向かう。

本条藩の四月は、紅鯛が産卵のために浅海《あさうみ》に上がってくる季節だ。今年の勝負竿と決めた真新しい一本をためしつつ、紅鯛の上がり具合に探りを入れれば、夕刻まではなんとか持つだろう。

けれど、わざわざ足を延ばしたのに、磯に立っていられたのは、結局、半刻足らずだった。釣りがあれほどつまらなく思われたのは初めてで、ばたばたと道具をかたづけ、また小半刻をかけて屋敷へ戻った。

帰路をたどれば、もはや、迷わなかった。

着くと、康江を急《せ》かして召物を出させ、そそくさと袷《あわせ》に着替え、袴《はかま》をはいて再び門を出た。

知らずに、歩調は急ぎ足になる。

額に汗が浮くが、なんの汗だか分からない。

路の半ばになって、向こうから、裃《かみしも》を着けた武家が足早に向かってくるのを認めた。すぐに、同じ御馬廻り組の番士で、けっこう近しくしている瀬野《せの》孝安《たかやす》と気づく。

相手にする時が惜しく、どうやってやり過ごそうか思案しながら足を送っていると、孝安のほうから庄平と分かって近寄ってきた。

「ちょうど、よかった」

向けた顔が険しい。今日、孝安は当番だ。御城でなにかあったのだろうか。

「おまえの屋敷へ行くところだったのだ」

「どうした！」

重なるときは重なるものだ。思わず庄平は身構える。

「番頭《ばんがしら》がお呼びだ」

「組頭《くみがしら》ではないのか」

「ああ」

番頭が組頭を飛び越えて、非番の番士を呼び出すことはめったにない。

「なんであろう」

「番頭に聞け」

「御城だな」

ならば、裃を着けなければならない。

「いや、慶泉寺《けいせんじ》だ」

慶泉寺は、御藩主の御家《おいえ》である山科家の菩提寺だ。

「俺はまだ寄らねばならぬところがある。一人で向かってくれ。裃は必要ない」

孝安は言葉を足して、また、つづけた。

「ああ、この件は、他言無用だ」

長倉本家に心を残しながらも、足を慶泉寺へ向ける。

孝安の様子からすれば、よほどの大事なのだろう。ふだんの孝安は笑顔の絶えぬ男なのに、唇の端《はし》をゆるめもしなかった。

ともあれ、できうる限り、すみやかに御勤めをこなして、御本家へ向かおう。

庄平は大股で足を運ぶ。

ほどなく、目指す寺が見えてくる。

さらに、足を早めて山門へ向かおうとした。

と、背後から声がかかる。

抑えてはいるが、振り向かずにはいられない声だ。

「長倉！」

「こっちだ」

目を向けると、慶泉寺を囲む槻《けやき》の大木の陰で、組頭の内藤啓史郎《ないとうけいしろう》が手招きをしている。

向かうと、その背後に、番頭の川俣源右衛門《かわまたげんえもん》の姿もあった。

「いま、一帯は、御馬廻り組以外の立入りを禁じておる」

啓史郎が唇を動かす。言われて見回すと、要所要所の物陰に番士の姿がある。いったい、なにごとだろう。束《つか》の間、庄平の頭から、長倉本家が消えた。

「もとより、他言無用」

番頭の源右衛門が口を開く。二度目の念押しだ。

「長倉克巳がなかにいる」

ながくら、かつみ……。音は伝わったが、意味を結ばない。

「御家老の嫡男《ちゃくなん》の長倉克巳だ」

ゆっくりと、目の前の慶泉寺と、長倉本家が重なる。

どういうことだ。

なんで、克巳が慶泉寺にいる！

躰の深いところが、わなないた。

「寺の者の話では、嫁の世津が入寺《にゅうじ》してきたらしい」

啓史郎が説く。

「入寺……ですか」

瞬間、頭の真ん中に白い芯《しん》ができて、広がっていく。

たしかに、それがあった。うかつだった。

「入寺した世津を追って克巳が押し入り、立てこもったということだ」

それも含んでいるべきなのに、去り状を書かせるのに精一杯で、世津が縁切りを求めて寺に入ることまで気が回らなかった。

「いまの、なかの様子は分からん」

再び、源右衛門が語る。

「が、万が一、克巳が短慮を働いたとすれば、相手は入寺を許された者だ。夫婦《めおと》の御法では済まん」

入寺は、もろもろの厄介を治める手段として、国の御定法に組み入れられている。

離縁だけではない。

村を欠け落ちた百姓が戻ろうとするとき、武家に下された藩の処分が受け入れがたいとき、その他もろもろの理由で、寺に入って、救済を待つ。離縁は、さまざまな救済のうちのひとつにすぎない。

他に、制裁、のための入寺もある。

村や町で失火した者などは自ら寺入りし、謹慎をして赦《ゆる》しを乞う。罪状に応じて、慎み置く期間も定まっている。

それだけに、いったん正式に入寺を認められた者には、藩といえども手を出せない。

克巳は、その境界を越えた。

「まして、慶泉寺は御藩主家の菩提寺だ。長倉本家の惣領といえども、かばい切るのはむずかしい」

「正直、我々にも策がない」

啓史郎が顔を曇らせた。

「とりあえず、話が洩れぬよう、このように手配りはした。しかし、それだけだ。せめて疵《きず》が軽いうちに克巳の身柄を確保したいが、出る気配はまったくない」

「そこでだ」

番頭が庄平に真っ直ぐに顔を向けた。

「おまえが、なんとかしろ」

命じられずとも、なんとかしたい。

本家の嗣子を護るのは分家の務め、だからではない。

務め、なんぞではない。

とにかく、克巳を救いたい。いや、救う。

「克巳はおまえを呼んでくれ、と言ってきた。おまえと話したい、とな」

「克巳のいる場処は？」

「北の書院だ。ともかく、確保が第一だ。なんとしても、寺から克巳を連れ出せ」

源右衛門の言葉が終わらぬうちに、庄平は一歩を踏み出した。

「御家老へいささかでも累《るい》が及ばぬよう、対処する時をかせぎたい」

源右衛門はつづけるが、庄平は聴いていない。

そんなことは知らない。克巳のことしか考えられない。

とにかく無事であってくれ、と念じながら、庄平は北の書院への廊下をつたう。

克巳も、そして、世津もだ。

こんなことで、命のやりとりをしてよいわけがないし、それに、克巳が軽挙に出れば、万事休する。打つ手がなくなる。

書院へ通じる角を曲がり、ひとつ大きく息をついて、敷居の前に立つ。

瞼《まぶた》を閉じ、二人揃ってこちらへ振り向く絵を描いた。

目を開き、襖《ふすま》を引いて、おもむろに座敷へ視線を送る。

望んだ絵は見えない。

庄平の怖れていた光景が、無慈悲《むじひ》に届く。

世津が左の肩を下にして横たわり、かたわらに克巳が横顔を見せて座している。

思わず、庄平はその場にへたりこんだ。

見誤りであってほしいが、世津はぴくりとも動かない。

祝言の日、あれほどまばゆく、生気をほとばしらせていた女が、物となって、そこにある。世津がわるかろうとわるくなかろうと、込み上げてくるものがある。

できることはなにもない。庄平の喉が、くわっと硬くなる。

克巳は救済の場で罪を犯した。そこから連れ出しても、行くべき処《とこ ろ》はどこにもない。

「すまん」

克巳がすーと向き直って、大きく頭《こうべ》を垂れる。

「庄平に謝っておきたかった。また、庄平にだけは、事の経緯を知っておいてもらいたかった」

応える言葉が出てこない。

「ほんとうに渡そうとしたのだ。戻ってすぐに渡そうとした」

再び上げた顔は、不思議とゆるい。

「渡そうとして、世津の姿を探した。せめて、解き放たれる、あいつの顔を見たかった。が、どこにもおらん。見つけたのは、世津のほうからの縁切り状だ」

小さく、庄平はうなずいた。

「いかにも四角四面で、そっけなくてな。目に入ったとたん、血が上った。おまえの助けを得て、やっとの想いで書いた去り状だ。この上なく、たいせつなものだ。それを紙くずにされたと思った」

「ああ」

不憫《ふびん》、だった。

「あとは、語るほどのこともない。すぐに追って、かくのごとく至った」

「どうする所存だ」

庄平は声を絞り出す。

「うん？」

「このあとだ」

「庄平に伝えれば、もう心残りはない。これより自裁《じさい》する。向こうで、世津に詫《わ》びる。だから、もう、よい。行ってくれ。手数をかけた」

顔がゆるいのは、だからか。克巳はとうに得心している。

「その前に訊いておく。首を突くか。腹を切るか」

いま克巳が選べるのは、死に様《ざま》だけだ。

「武家として果てられる義理ではないが、わがままを言って、腹を切りたい」

「一人で腹切れば、ずっと悶《もだ》え苦しむぞ」

「それが罰だ」

ゆっくりと、庄平は立つ。呼吸を整えて、言った。

「この場で腹切れ」

丹田《たんでん》に気を送って、言葉を足す。

「介錯《かいしゃく》する」

克巳が目を細めて見上げ、唇を動かした。

「いまの俺を介錯すれば、庄平とて無傷では済むまい」

「おまえが悶絶をつづけるよりは、よほどよい」

「甘えるぞ」

「ああ」

庄平は敷居をまたいで座敷へ分け入り、そして、克巳と、己に言った。

「本家の嗣子を護るのは分家の務めだ」

そうと信じこまねば、介錯なんぞできない。


当初、長倉本家はなんとか慶泉寺ではない場処での一件にしようとした。しかし、さすがに無理が多すぎ、曲折《きょくせつ》はあったものの、当主、長倉恒蔵は家老職を辞して逼塞《ひっそく》した。

浅沼一斎は事件からほどなく、藩医を辞して本条藩を離れた。一言《いちごん》として慶泉寺を語ることはなかったらしい。

弟子となっていた高浜周石は一斎よりも早く、そそくさと国を出たと聞く。それが世津との縁つながりを示すものなのかどうかは分からない。

そして、庄平には、御藩主家の菩提寺を血で汚したことへの御咎《おとが》めがあったが、非常時の対処としては責められるべき行為とは言えず、また、士道には外れていないとして、二十日の差し控えという軽い沙汰となった。

克巳の忌《い》み明けが四十九日だから、二十日の差し控えはないと同じだった。それどころか、このゆるんだ御代《みよ》に、とっさの判断で介錯に踏み切り、見事に果たして、苦しみを断ったのは見上げた胆力という、想わぬ評価までついてきた。

しかし、庄平は差し控えのあいだも、明けたあとも、あの日、克巳を一人で帰したことを悔やみつづけた。

あのとき、無理にでもついていけば、こんなことにはならなかった。たとえ世津が入寺をしたとしても、自分が代わって去り状を届ければ済んだ話だった。

離縁すれば、世津は父の浅沼一斎とともに本条藩を離れただろう。去る者、日々に疎《うと》しだ。もともと克巳は、怨みを根に持ちつづけられるような気性ではない。三月《みつき》もすれば、常と変わらぬ門閥の惣領の日々が巡るはずだった。

それがそうならなかったのは、ひとえに自分の落ち度だ。自分がついていかなかったという、ただその一点で、克巳の生は暗転した。自分が認められるなど、あってはならぬことで、人なかにいるのが堪《こた》えた。

それでも、忌み明けから、半月ばかりは己を叱咤《しった》してなんとか登城していたが、やがて、どうにも躰が言うことをきかなくなった。自責の念、のみではないようだった。はっきりと、躰が異常をきたすのだ。登城用の小紋に着替えるだけで動悸が激しくなり、汗がしたたり落ちて、いくら己を叱咤しても止まらない。康江が方々から御札《おふだ》をいただいてきたが、もとより、御札ではなんの効き目もなく、按排《あんばい》はわるくなるばかりだった。

結局、庄平は、慶泉寺のあの日から三月の後、致仕《ちし》を願い出た。父母が存命ならば、いかに躰が辛かろうと、先祖から受け継いだ家禄の返上などできるわけもなく、まさに幸か不幸か、分からぬ節目となった。

禄から離れたあと、どうやって凌《しの》いでいくかは、これも幸か不幸か、考えずに済んだ。剣以外の技で金銭を得られるかもしれぬものといえば、釣竿と釣針づくりしかなかったからだ。どうせ釣竿師になり、町人になるのなら、この際、転地もかねて江戸へ出てみようかという気になり、はたして、康江はついてくるだろうかと思った。

康江のふた親は健在だし、兄妹もいる。もしも離縁を望むなら応じるつもりだった。いくら躰がいっぱいだったとはいえ、嫁からすれば致仕はわがままでしかないかもしれぬ。どうあっても同道しろ、とは言えなかった。

けれど、康江は江戸行きを切り出すと、ふたつ返事で受け入れて、文句ひとつ口にせずにてきぱきと支度《したく》にとりかかった。やはり自分には康江が合っていたのだと思い、知らずに、慶泉寺での世津の姿を想い浮かべてしまった。

江戸に着いたのは、七月の末だった。

話には聞いていたが、江戸はもう、なにからなにまでが大きく、華やかで、熱気が渦を巻いていて、国で釣術の俊傑と謳《うた》われた自信などすぐに萎《しぼ》んだ。

江戸の釣り道具屋が本所《ほんじょ》の竪川《たてかわ》あたりに集まっていることは知っていたものの、やはり、敷居が高く、また、竪川にどう行ったものかも分からず、長旅の疲れをとるのを口実にして、当座の宿にした浅草山川町《あさくさやまかわちょう》の旅籠《はたご》にぐずぐずとしていた。

どこへ行くとも言わずに出かけた康江が、笑顔で帰ってきたのは、逗留も五日目に入って、そろそろ腰が落ち着かなくなった頃である。

そこいらに風に当たりにでも行ったものとばかり思っていたのに、ただいま戻りました、と障子を引いたときは、出てからふた刻ほども経っていて、どこへ行っていた？　と柔らかくはない口調で訊くと、笑みを浮かべたまま、懐から財布を取り出して開けて見せた。

思わず目をやれば、銭ではちきれんばかりで、なかには丁銀《ちょうぎん》さえ見える。

「どうしたのだ」

田舎の武家の妻だった女が、いきなり出てきた都で、そんなたいそうな金を得られるはずもなく、まさかのことまで想い及んで問いただすと、あなたの釣針です、と答えた。

「お許しを得ぬまま、とは存じましたが、あなたに英気を養っていただくためにも、手元はよくしていなければなりません。とりあえず、五、六種の魚種用の釣針を五十本ほど、竪川の釣り道具屋に持っていきました。もう、その場で、五十本すべて買い入れていただきましたよ」

国にいて道具づくりをしているとき、かたわらの康江から尋ねられるままに説明を加えたことがあった。なぐさみに問うているものとばかり思って、気を入れて語ったわけではなかったが、ちゃんと覚えていたのだ。

「それでも、初めは法外の安値を言ってきましたので、すぐに、それならけっこうと戻る振りをいたしました。すると、案の定、あわてて呼び止めます。ぜんぶ欲しいと言いましたが、それではお店ごとのちがいが分からないので、十本ずつ、五軒のお店に買い取っていただきました」

唖然として、庄平は聴いていた。

「あなたの技は、江戸でも立派に通用いたします。自信をお持ちください。五軒のなかの、竿で名を売っているらしいお店で話をしましたら、ぜひ見せてほしいということでしたので、こんどは竿もたずさえて、一緒に竪川へまいりましょう」

それからの日々は、もう、康江に導かれるままだった。

八月の中ほどには竪川の裏店《うらだな》に移り、きっぱりと大小を売り払って、浪人、長倉庄平から釣竿師、庄平になった。むろん、裏店も、大小の売り先も、康江がどこかから紹介されて見つけてきた。

年も詰まる頃には、康江はもうすっかり江戸の町人地の水に馴染んで、言葉づかいまで変わった。新しい土地に女が馴れる早さは驚嘆すべきもので、とてもかなわぬと思い知らされた。

日を経るにつれて、釣竿師、庄平の名もみるみる上がっていったが、それも康江あってのことと自他ともに認めていた。道具屋だけでなく、主だった問屋にも康江の顔は知れ渡るようになって、いろいろと声がかかった。

「じゃあ、行ってきますからね」

今日も、康江はつきあいに出る。

「いつ頃戻る？」

「芝居がはねたあと、深川の料理屋で食事の手筈《てはず》なので、五つ半には戻れると思います」

「すこし遅すぎやしないか」

五つ半と言うときは、たいてい夜四つ近くになる。

「しかたないじゃありませんか。大事なお得意さんなんだから。あそことつながれば、あなたの名ももっと上がって、あくせく仕事をせずに済むんです」

康江が日本橋《にほんばし》は通町筋《とおりちょうすじ》のたいそうな呉服屋からつきあいのための着物を競うように買い求めなければ、あくせく仕事をする必要もなくなると思うのだが、それは口には出さない。

商いに才を見せ、人から頼られて、せっせと己をみがくにつれて、康江はたしかに美しくなった。近頃では、はじめから江戸の水で育ったように艶が匂って、もはや、国にいた頃のひなびた風情《ふぜい》は微塵《みじん》もない。

人の女房が戻るには遅すぎる刻限に、上がり框《かまち》に立つ康江にふっと目をやると、自分の妻ながら、ぞくっとすることがある。

「いいねえ、庄さんのおかみさんはとびっきりの別嬪《べっぴん》さんで」

いまや、職人仲間となった裏店の男たちもしばしば冷やかす。

「人も羨むってやつだ。心配になりゃしねえかい」

「いや、そんな」

などと、かわしながらも、時折、世津に似てきたと思うこともある。

つゆかせぎ

なんの商いとも見分けのつきにくい男が、神谷町《かみやちょう》の屋敷を訪ねてきたのは、妻の朋《とも》が急な心《しん》の臓《ぞう》の病《やまい》で逝《い》った二十日ばかり後《あと》のことだった。ちょうど、中間《ちゅうげん》も下女《げじょ》も出払っていたところで、私が出ていくと、男はいかにもあわてた様子を見せた。それでも、用向きを問い質《ただ》すと、すぐに観念して名を名乗ったのは、こういうこともあると踏んでいたからなのだろう。

「手前は浅草阿部川町《あさくさあべかわちょう》の地本問屋《じほんどんや》、成宮誠六《なるみやせいろく》の番頭を務めている吉松《よしまつ》という者でございまして」

唇を動かしてみれば、男の語りは滑らかだった。嘘で包《くる》んだ下手な言い訳は、かえって疑いを深くすることを弁《わきま》えている者の物言《ものい》いだ。

「実は、ひと月ほど前に、御新造《ごしんぞう》にお願いをしていた件で、伺わせていただきました」

朋が地本問屋の者と関わりがあったことに驚きを覚えつつ、とりあえず忌中を告げる。顔色を変えた吉松なる男が落ち着くのを待って、その願いとやらを聞いてみれば、私はさらに驚くことになった。

「有《あ》り体《てい》に申しますと、御新造には二年ばかり前から、竹亭化月《ちくていかげつ》の筆名で戯作《げさく》をお頼みしておりました」

まだ信じられないという顔を残しつつも、吉松は言葉を並べた。

「芝居町《しばいちょう》に遊ぶ女たちの様子を綴《つづ》った『七場所異聞《しちばしょいぶん》』はとりわけ人気でして、この春に刷られた、江戸で名の売れた者を紹介する見立て番付にも、一等下の六段目ではございますが、載ったほどでございます」

驚きはしても、吉松の話の中身にさほど抗《あらが》わなかったのは、朋が木挽町《こびきちょう》の芝居茶屋の娘だったからだ。

三人姉妹の末で、両親が、一人は素《す》っ堅気《かたぎ》の然《しか》るべき家に嫁がせるつもりだったのだろう、十七年前、愛宕下《あたごした》は広小路の二千四百石の旗本、大久保能登守《おおくぼのとのかみ》様の御屋敷に武家《ぶけ》奉公《ほうこう》をさせた。そこで、親にとっては誤算だったにちがいないが、手代《てだい》を務めていた私と縁《えん》づいたのだった。私が二十七、そして朋は二十一だった。

芝居町の茶屋といえば、華やいだ光景ばかりが浮かぶ。しかし、当時、すでに木挽町の顔である森田座《もりたざ》は傾いて休座に追い込まれ、控櫓《ひかえやぐら》に代わっていた。町そのものもくすみがちになり、なんとか大茶屋《おおぢゃや》を張り通していた朋の実家も、踏みとどまるほどに借財が嵩《かさ》んで、とうとう七年前に店をたたんだ。

それでも、朋の躰《からだ》を浸《ひた》す水気《みずけ》は変わらずに、木挽町を真っ直ぐに縁取《ふちど》る三十間堀川《さんじっけんぼりかわ》の水で満たされていた。当り前のように、役者や狂言作者に囲まれて育った朋ならば、そういう戯作を書いたとしてもおかしくはない。ちょくちょく、親類がつづけている小茶《こちゃ》屋《や》に手伝いに行っていたのも、あるいは、そこで筆を取っていたのかもしれない。

「戯作者といえば男と決まっておりますが、実は、読み手は女が多ございます。あの式《しき》亭三馬《ていさんば》の『浮世風呂《うきよぶろ》』にしてからが、女の読み手が半《なか》ばを越えます。ならば、女が書いたほうがもっと読み手に届くのではないかとお願いしたのですが、目論見《もくろみ》通りでございました。で、ひと月前にも新作をお頼みした次第でございます」

　吉松は、夫の私を前にしていたためだろう、穏当《おんとう》な言い方をした。朋の書いた戯作の題は『七場所異聞』だという。その題からすれば、ただの人情本や滑稽本《こっけいぼん》とは思えない。『七場所異聞』の『七場所』は、たしかに堺町《さかいちょう》や葺屋町《ふきやちょう》、木挽町などの芝居町と重なる。しかし、世の中では陰間茶屋《かげまぢゃや》のある町と言ったほうが通りやすい。そして、そこの男娼は坊主などの男色《なんしょく》の相手をするとされてはいるものの、その実、客は女のほうが多いらしい。『七場所』は、女のための吉原《よしわら》でもあるのだ。

　私はそもそも戯作に興味が向かず、『七場所異聞』なる地本も知らなかった。が、女が主人公であるとすれば、相当にきわどい陰間遊びの描写もあるのかもしれぬと思った。あるいは、女ならではの容赦のない目が、同じ女の読み手を惹《ひ》きつけているのかもしれない。

「ご事情を伺えば無理とは存じますが、お手が空《す》いたときにでも一度、御本が仕上がっているかどうか、たしかめていただけるとありがたく存じます。本日はたいへん、ご無礼いたしました。それでは御免こうむらせていただきます」

半ば諦《あきら》めた様子で吉松が背中を見せ、姿が見えなくなると、私は、手が空いていたわけではなかったが、朋が自分の部屋のようにしていた座敷へ足を向けて、それらしき書き物を探した。

けれど、そうしたことはやはり親類の小茶屋でやっていたのだろう、なにも見つけることはできなかった。

季節は初夏《はつなつ》で、ささやかな庭の若い緑を擦《す》り抜けた陽《ひ》が、小さな文机《ふづくえ》の甲板《こういた》の上で踊っている。朋が、気に入りの絞りの着物よりも大事にしていた、黒柿《くろがき》の文机だ。そこに書き物はなかったが、私は朋が『七場所異聞』の書き手であることを疑わなかった。

世間で言うならば、〝女だてらに戯作を書くような変わり者〟だからこそ、両親が期待していた良縁を袖にして、旗本のしがない家侍《いえざむらい》なんぞを、亭主に選んだのだ。

ないものはない大江戸でも、歌舞伎大芝居が舞台に乗る本櫓《もとやぐら》は三座しかない。堺町の中村座《なかむらざ》、葺屋町の市村座《いちむらざ》、そして木挽町の森田座だ。江戸の水で磨かれた八百八町のなかでも、三つの芝居町は最も江戸らしい町である。

その、路地の塵《ちり》さえ艶《つや》めいて見える町でも、娘時代の朋の器量は評判を取っていた。おまけに、三味線や琴、踊りはむろん、和歌や俳諧、果ては漢詩に至るまでみっちり仕込まれている。当然、愛宕下の御屋敷に奉公に上がると、中間から御側衆《おそばしゅう》まで、男たちの話題は朋のことで持ち切りになり、私は早々にその輪から抜け出した。私は子供の頃から、競《きそ》い合いになりそうな場からはすぐに離れるのを常としていた。

私の家は代々、大久保家に仕《つか》えていたわけではない。江戸に出るまで、私の父は北のさる藩で郡奉行《こおりぶぎょう》を務めていた。六十年ほども前の宝暦《ほうりゃく》の飢饉の際、百姓と重役方の板挟みに遭って、国を欠け落ちたと聞く。年貢の減免と御救い金の下賜《かし》を叫ぶ百姓に、藩は逆に、難局を乗り切るためという名分を立てて、年貢の先納と御手伝い金を命じたらしい。百姓の側に立った父は仕置き替えを求めたが、結局、受け容れられず、村へ向かった足で、国境《くにざかい》を越えた。

以来十年、父は浪々の身をつづけて辛酸を嘗《な》め、喰い繋《つな》ぐために車力《しゃりき》までやったようだが、その辺りの仔細《しさい》な事情は、まだ生まれていなかった私には分からない。私が知っているのは、ようやく大久保家に出仕《しゅつし》して、上役の言葉にことごとく頷《うなず》いていた父だ。私が知る再び得た扶持《ふち》を、二度と手放すまいとしたのか、父は九年前に身罷《みまか》るまで、けっして己《おのれ》の意見を言うことがなかった。目立たずに、しかし、しっかりと役に立つ構えを貫き通して、その姿はそのまま、私への教えとなった。

もっとも、父は舅《しゅうと》として朋を迎えた六十八のときですら、朋をして、舞台で色悪《いろあく》を演じていただきたい、と言わしめたほどの美丈夫《びじょうふ》だったから、放っておいても目立つのは避けられなかった。けれど、人が嫌がる仕事に黙って精を出せば、世間の目はその様子に向かい、容貌には紗《しゃ》がかかる。それも私が父から学んだことで、前髪を切る頃には、意識せずとも、躰が勝手に目立たぬように振る舞った。

だから、そもそも、私と朋は赤い糸で結ばれていないはずだった。朋はその器量と芸を最も高く買ってくれる家に嫁《か》して、そして私は、朋を得ることで招くやっかみから、遠く隔《へだ》たっていなければならなかった。

そんな二人のあいだを縮《ちぢ》ませたのは、やはり、父から私が自然に受け継いだものだった。父はすべてを置いたまま国を出たが、ただひとつだけ、国で築いたものを携えていた。

俳諧である。

当時、父が禄を食《は》んでいた国にもすでに俳壇はあって、そこで父は一家を成していたらしい。ちょうど、ことさらに洒脱《しゃだつ》を見せつけるような江戸座の俳風が廃《すた》れ、元禄俳諧の、俗調《ぞくちょう》を排した詩情を再生しようとする頃で、国でその動きの先頭に立っていたのが、父だったのである。

主要な俳人のあらかたは豪農であり、富商であり、酒造家であり、つまりは、村々の名主はまず名を連ねていたから、あるいは俳諧は、郡奉行としての父の御勤めだったこともしれない。しかし、そうだとしたら、俳諧ならではの繋がりを生かして、農政の実を上げようとしたのかもしれない。しかし、そうだとしたら、百姓の側に立って、欠け落ちるまではしなかったはずである。やはり、父は紛《まぎ》れもなく、俳人だったのだろう。

だからこそ俳諧は、江戸に出た父の、突っかい棒になった。車力で喰い繋いでいた頃も、旗本の家侍になってからも、父は俳諧でのみ己の心情を語って、陽が上がる前の、夜露のような句を詠《よ》んだ。

ただし、江戸俳壇の一角に、場処を占めようとはしなかった。後年、「俳諧独行の旅人」と自称して、一人の門人も持とうとしなかった夏目成美《なつめせいび》の緩《ゆる》やかな集まりには心惹かれたようだが、あくまで社中とは距離を置き、ただ己を見詰めるためにのみ詠んで、俳諧においても、目立たぬという縛りを崩さなかった。

そんな父の傍《かたわ》らにいて、私は幼子《おさなご》が言葉を覚えるように俳諧を詠み始めた。父と同様に、私にも俳諧という、解き放たれた言葉が必要だった。父は、そんな私の、殴り書きのような句に丹念に目を通して、ある日、十四歳になった私を、蕪村《ぶそん》と並び立つ俳諧中興の雄、加舎白雄《かやしらお》が日本橋《にほんばし》に結んだ春秋庵《しゅんじゅうあん》に送り込んだ。自分はともあれ、私の代になれば、俳諧で目立つくらいは許されると思ったのかもしれない。

当時の兄弟子には、鈴木道彦《すずきみちひこ》や建部巣兆《たけべそうちょう》、そして倉田葛三《くらたかっさん》など、キラ星のごとき俊傑《しゅんけつ》がいた。お蔭で、私の俳諧は、爪先《つまさき》立っているあいだに、いつしか踵《かかと》が着くように、伸びていった。二十三で手代に出仕する頃には、俳諧師の見立て番付の東の三段目にも載って、あくまで俳壇においてではあるが、人に知られるまでになった。それが、朋と私を結ぶ、糸だった。

朋が奉公に来て、十日余りが経ったある日、大久保の奥様から直々《じきじき》に呼び出しがかかった。何事かと身構えつつ参上した私に、奥様は言った。

「奉公に参った者たちが、そなたに俳諧の添削《てんさく》を頼みたいと願い出ております」

「はあ」

半ばの安堵と、半ばの警戒が入り交《ま》じるのを覚えつつ、私は答えた。

「三名ですが、いかがですか」

「御下命《ごかめい》とあらば」

煮え切らぬ様子の私に、奥様はふっと息をついてから、つづけた。

「娘たちの武家奉公に、給金がないのは存知おりますか」

「いえ」

そうなのかと、私は思った。大久保家での私の御役目は、父から引き継いだ、各地に散在している知行地《ちぎょうち》の運営管理が主で、家政のことには疎《うと》い。

「娘たちは、こちらで、さまざまに生きた稽古をいたします。けっして下女代わりではなく、言ってみれば女の学問所なのですから、給金なるものはないのです」

「初めて、伺いました。ありがとう存じます」

「その代わりに、たしかに学んだと得心《とくしん》して、それぞれの実家に戻ってもらわなければなりません」

「はい」

そこまで言っていただけば、もう意味は伝わった。

「つまり、娘たちの学びたいという声には、できる限り、応えなければならないということです」

そうして私は、三人の娘の一人だった朋と、間近で向き合うようになったのだった。

夫婦《めおと》になってから明かされてみれば、すべては朋が仕組んだことだった。

「わたし以外の二人の娘《こ》も、俳諧を嗜《たしな》んではいたの」

いかにも町娘らしい口調で、朋は言った。

「でも、ほんとに齧《かじ》ったくらいで、あなたの俳号も知らなかった。わたしだけがあなたを知っていて、あのお方は有名な俳諧師だから、見ていただきましょうよ、って、二人を巻き込んだわけ」

見立て番付に載ったとはいえ、前頭《まえがしら》の何十枚目かだ。けっして、有名な俳諧師などではない。なんで知っていたのかと問う私に、朋は答えた。

「両親は、わたしを大久保様に武家奉公に上げたつもりだけどね。わたしは、そうじゃあないの」

笑《え》みを浮かべて、朋はつづけた。

「初めっから、あなたに近づくためだったのよ」

その半年前、私は、木挽町での役者たちの句会に招かれた。

元々、歌舞伎役者は、俳諧を詠むことができて当り前と見なされており、一人一人が俳名《はいめい》を持っている。尾上菊五郎《おのえきくごろう》一門の松緑《しょうろく》や、中村歌右衛門《なかむらうたえもん》家の芝翫《しかん》など、俳名がそのまま名跡《みょうせき》となった例は珍しくない。

つまり、役者の句会もまた珍しいものではなく、当日、私はとりたてて芝居町を意識することもなく足を向けた。そのとき、私は気づかなかったけれど、たまたま句会を手伝っていたのが朋で、なにがよかったのか、私を見初《みそ》めてくれたのだった。

朋は、句会が終わった後の宴席でお酌までしたと口を尖《とが》らせたが、私はまったく覚えていなかった。とびっきりの笑顔をこしらえて、ちゃんと名前を言ったのに、と、朋はつづけた。

ともあれ、朋ほどの女に、最初から縁づくために近づかれたら、男はひとたまりもない。私は実に呆気《あっけ》なく落ち、あれほど警戒していた嫉妬《しっと》や怨嗟《えんさ》を、一生分も背負《しょ》い込むことになった。

覚悟していたつもりではあったが、ずっと避けつづけてきただけに、実際に味わう赤《せき》裸々《らら》な妬《ねた》みはこたえた。

想ってもみなかった人が、想ってもみなかったことをした。それにつれ、私は、自分がいかにも簡単に朋の掌《てのひら》に乗ってしまった理由に、あらためて想いを巡らせるようになった。

朋の、獰猛《どうもう》とも思えるほどの美しさからすれば、なんの不思議もないとも言える。しかし私は、父から受け継いだ、目立たぬという縛りをなによりも大事にしていたはずだった。少しくらいは抗えても、よかったのではないか。

折に触れて考えつづけるうちに、ふと、大本は、女ならではの、揺るぎない自信なのではないかと思うに至った。

あらかたの男は、根拠があって自信を抱く。根拠を失えば、自信も失う。句会に出る男の顔は、見立て番付の場処次第で、顔つきが変わる。御勤めの役職や位階でも、同じことが言えよう。

けれど、女の自信は、根拠を求めない。子供の頃から、ずっと目立たぬために周りを注視してきた私だから、そう見えるのかもしれぬが、女は根拠なしに、自信を持つことができる。

その力強さに、男は惹きつけられる。男のように、根拠を失って自信を奪われることがない。

朋はたまたまあの姿形《すがたかたち》だったから、美形《びけい》という根拠があって、私が絶対に落ちるという自信を持っているように見えた。しかし、そうではないのではないか。女という生き物は美醜《びしゅう》に関わりなく、いや、なにものにも関わりなく、天から自信を付与されているのではないか。

もしも朋が醜女《しこめ》だったとしても、あのとおりに近づかれたとしたら、おそらく同じことになっていたのであろうと、私は思った。

妻となってからの朋は、その変わらぬ確信に満ちた様子で、しばしば私に、いつ、業《ぎょう》俳《はい》になるの？　と尋ねた。

業俳というのは、俳諧を生業《なりわい》とする俳諧師のことで、私のように別に本業がある者は、遊俳《ゆうはい》と呼ばれる。

朋の口調からすると、まるで私が業俳になるのはとっくに決まっていて、あとはその時期だけのようだった。

すでに木挽町が勢いを失って、実家の芝居茶屋が傾いているというのに、朋は変わらずに活計《たっき》には無頓着で、なんで私がささやかな扶持にしがみついているのか、皆目、理解できぬらしい。きっと、朋の目に映る私は、役者たちの句会で出会ったときからずっと、旗本の家侍ではなく、俳諧師だったのだろう。

「おかしいわよ」

業俳にはならないし、これから先もなるつもりはないという私に、朋は言った。

「だって、あなたは俳諧師だもの。刀を差してるなんて、おかしいわよ。ちっとも似合わない」

私自身、似合うとは思っていない。でも、これればかりは、朋の声に従うわけにはいかなかった。

父が十年の苦闘の末に手に入れた扶持だから、というだけではない。私は私の意志で、業俳にはならぬと決めていた。

理由を挙げれば、いくらでも出てくる。

第一に、私は家侍の暮らしに不満を持っていなかった。むろん、贅沢など望むべくもないが、質素でも飯が喰えて、俳諧が詠めれば十分だ。

その上、私は朋まで得た。朋は見た目に美しいだけでなく、すこぶる肌も合って、たしかに私は朋に搦《から》め捕られたのだろうが、それを僥倖《ぎょうこう》と思うことができた。

第二に、業俳は、想われているほどに、意のままになる生業ではない。

喰っていくためには、かなりの数の門人を確保しなければならず、繁《しげ》く、地方を行脚《あんぎゃ》するのはよいにしても、繋ぎ止めておくためには人知れぬ苦労を伴う。私は富裕な門人に対して、幇間《ほうかん》まがいの真似《まね》をする宗匠《そうしょう》を何人も見てきた。

「ねえ、わたしだって芝居茶屋の娘なの。それくらいは知ってるつもり」

私が諭《さと》すように言うと、朋はそう言葉を返した。

「でも、やってみなきゃ分からないじゃない。あなたの俳諧ならだいじょうぶ。あなたは別物《べつもの》だもの」

別嬪《べっぴん》の煽《おだ》ては嬉しかったが、まさに、それが、私が業俳にならぬ第三の、そして最も大きな理由だった。

私はある俳諧師を通して、別格の才能に恵まれていることと、凌《しの》いでいけることとはまったく別であると、思い知らされていた。

小林一茶《こばやしいっさ》、である。

父が夏目成美に共感していたこともあって、北信濃《きたしなの》から出てきた、私よりも七つ齢上《としうえ》で、たぶん私よりも貧しいのであろう俳人には、早くから目を向けていた。そして、いつも圧倒されていた。

蕪村の「離俗《りぞく》」や、成美の「去俗《きよぞく》」を信奉する人々は、なんで、と言うかもしれない。

一茶は、俗の詩材を、俗に詠む。

が、一茶は、芭蕉が生きた元禄ではなく、それから百年が経った、この文化の俳諧師だ。まさに、いま私が生きている、この性悪《しょうわる》で、厄介な時代の俳諧師だ。

もの皆等しく、揃って前へ進んでいた時代は終わり、それぞれがてんでの向きに散って、至る処《ところ》でぎしぎしと軋《きし》む音を立てている。

忠臣蔵の時代である元禄には、〝我々〟を信じることができた。が、文化のいまは否応《いやおう》なく、〝我〟と向き合わなければならない。

醜悪な〝我〟から逃《のが》れて「離俗」を装う俳諧師がひしめくなか、一茶は断じて目を背《そむ》けない。

物乞《ものご》い同然の〝我〟を、凝視する。

だから、俗の詩材を俗に詠みながら、俗に堕《だ》さない。

私は一茶の他に、そんな俳諧師を知らなかった。いや、父を除いては、知らなかった。

その一茶が、喰えなかった。

そして、一茶と私とでは、海と水溜まりほどの開きがあった。

ふた月の忌中が明けかけると、夏も終わりに近づいていた。

それまでのおよそひと月余り、私はなぜ朋が戯作を書いたのかを、ずっと考えつづけていた。

そのとき、思い出したのは、去年の冬の出来事だった。

文化九年十一月、一茶は江戸の業俳として生きていくことを諦め、故郷の信濃国水内《みのち》郡柏原《かしわばら》宿に還《かえ》った。

「もう、五十歳だそうだ」

私は、縫い物をしていた朋に言った。

「分からないわよ」

朋はちらっと私に顔を向けると、手を止めずに言った。

「なにが？」

私は聞いた。

「あなたの想っているようには、ならないかもしれないってこと」

一茶の帰郷を告げる私は、それ見たことか、という顔になっていたのかもしれない。

「いまは元禄じゃないわ。信濃も、もう田舎じゃない。あの方は信濃で、素晴らしい業俳になるかもしれない」

朋の言葉は覚えているが、顔は思い出せない。目を、思い出せない。あのときすでに、朋は戯作を書いていた。『七場所異聞』を書いて稿料を得ていた朋は、どういうつもりで、私にあの言葉を言ったのだろう。

私が密《ひそ》かに怖れているのは、朋の失望であり、抗議だ。あれから十六年間、とうとう業俳になろうとする素振りすら見せなかった私への落胆だ。

私は、朋のなかにいる俳諧師の私から遠ざかりつづけ、大久保家家臣として、手代から勝手掛《かってがかり》用人へと進んだ。そうして、ささやかな満足を得ている私に、朋は溜息をつき通してきたのかもしれない。

やがて、しびれを切らして朋は自ら筆を取った。『七場所異聞』を書いた。

私はまだ、その戯作に目を通していない。買い求めてもいない。そこに、なにが書かれているのかを知るのが怖いのだ。

もしも、若さと美しさを失いつつある主人公が、夫と、いまの暮らしに飽き足らず、その隙間《すきま》を『七場所』で埋めているとしたら、その主人公は、朋でしかない。

もうひとつ、私が望みをかけている理由は、叱咤《しった》だ。

まだ、手遅れってわけじゃない。その気になりさえすれば、あなただって、これから業俳になれるという掛け声だ。

一茶は、たしかに江戸に見切りをつけた。

「でも、業俳であることを辞《や》めたわけじゃないわ」

追憶のなかの朋は言う。

「逃げたんじゃなくて、新しい場処へ踏み出したの。五十歳で。あなたはまだ四十三でしょ」

「もう四十三だ」

「まだよ。まだってことを証《あか》すために、わたしは三十五を過ぎて書いたこともない戯作を書いた。これはってものが書けたら、あなたにも見てもらうつもりだった。あなたは業俳にはなっていないけど、俳諧はずっとつづけているでしょ。あと半歩、足を前へ送ればいいの」

「なんで、いまのままじゃいけない？」

「あなたが、いけないって思ってるからよ」

「私が……」

「あなたは、自分とお父様はちがうって思ってるでしょ」

「父と……」

「あなたはお父様が御国を逃げたわけじゃないってことを分かってる。一茶と同じように、新しい場処へ踏み出したことを分かってる。そして、自分だけがどこにも行こうとしていないことも分かっているの」

「どこかに行かないと駄目なのだろうか」

「当り前でしょ」

「なんで」

「どこにも行こうとしない俳諧師は死ぬの。俳諧師だけじゃないわ。役者だって、狂言作者だって、絵描きだってみんな死ぬ。木挽町があんなになってしまったのは、みんながみんな、どこにも行こうとしなくなったから。それじゃあ芝居町は死んじゃうの。芝居町が死ねば、お江戸だって死んじゃうかもしんない」

失望か、叱咤か……朋の気持ちはどっちだったのだろう。

あるいは、どちらでもないのか……。

戯作に打ち込むほどに、私への関心が薄くなっていった目だってある。

子供のいない夫婦で、いつも互いの瞳には相手が映り込んでいるつもりでいたが、もしかすると、私は消えていたのかもしれない。

「あまい、あまい」

表から、甘酒売りの声が届く。

「あーまーざーけー、あまい、あまい、あーまーざーけー」

そうだ、と私は思う。

甘酒を飲もう。

夏の季語の、甘酒を飲もう。

私は玄関へ出て、下駄をつっかけた。

「どうも、まいど」

頑張ってるな、と思わせる齢の男が、白地に赤い縞《しま》模様の湯呑み茶碗に甘酒を注《つ》ぐ。季節はまだ夏なのに肌寒く、湯気の立つ熱《あつ》さが快《こころよ》い。江戸湊《みなと》には、なんと海驢《あしか》が姿を見せたようだ。

向かいからも、裏店《うらだな》の住人たちが姿を現わし、単衣《ひとえ》なのに懐手《ふところで》でやってくる。この辺りは、武家地と町人地が入り交じっている。

「商売繁盛だな」

私はまだ海驢を見たことがないと思いながら、甘酒売りに声をかけた。

「お蔭さんで。こう、しゃっこい夏が続いてくれますと。しかし、手前はよろしいですが、水売りのほうはさぞかし難儀でござんしょうな」

そのとおりだ。水売りだけじゃない。このまま夏らしい日が戻らず、二百十日に至れば、出穂《しゅつすい》まで漕ぎ着けることのできる稲は多くて三割だろう。秋の田が、一面の不実《ふじつ》と白穂《しらほ》で埋め尽くされるのは明らかだ。

私は知らずに、俳諧師から、勝手掛用人の顔になる。

知行地の田畑に、想いを馳《は》せる。

それからまたふた月が経つあいだに、どうにか陽気は持ち直して、江戸に冷害の知らせは届かなかった。

ただし、すべての田が無事というわけではなかった。

大久保家の家禄二千四百石は、七つの村に分かれて拝知《はいち》されている。最も大きな村は、江戸から二泊ほどして辿り着く千石の西脇村《にしわきむら》で、やはり旗本の原田《はらだ》摂津守《せっつのかみ》博文《ひろぶみ》と、五百石ずつ分け合っている。上村《かみむら》が原田領、そして下村《しもむら》が大久保領だ。その西脇村が、稲熱《いもち》に侵《おか》された。

稲熱はその字のごとく、稲が熱病にかかったように斑《まだら》が浮く病で、最もひどい〝ずりこみ稲熱〟になると、稲全体がまるで燃えたような橙色《だいだいいろ》に縮み上がって、田のすべてが枯れ上がる。

下村の名主、勘右衛門《かんえもん》の知らせを受けた私は、八月末のよく晴れた日、愛宕下の御屋敷を発った。

文《ふみ》には相当に深刻そうな状況が記《しる》されていたが、名主の言うことを鵜呑《うの》みにしていたら、勝手掛用人は務まらない。勘右衛門もまた、西脇村のある郡の社中における主だった遊俳で、おのずと私とも懇意にしている。しかし、それとこれとは話が別だ。私だけでなく、向こうもそのつもりでいる。

西脇村へ赴《おもむ》くとき、私は決まって脇往還《わきおうかん》を使う。理由はさまざまにあるが、ひとつだけ挙げるとすれば、飯盛旅籠《めしもりはたご》のない宿場が多いからだ。つまりは、飯盛女がいない。

これは、別に商売っ気がないというわけではなくて、飯盛女を置かずに済む、と言ったほうが正しかろう。

表の街道の宿場は、御公儀から伝馬制《てんませい》を課せられている。公用の荷物を次の宿場に継ぎ立てるため、常に然《しか》るべき数の人と馬を備えておかなければならない。これが野方図に費用を喰う。で、飯盛女を置いて、その稼ぎから捻《ひね》り出す。それが分かっているから、御公儀も飯盛旅籠を認めざるをえない。

脇往還にだって、人馬継立場《じんばつぎたてば》はある。でも、往来が少ない分、ずっと負担は軽いし、女を置いたって客がつくとは限らない。おのずと飯盛旅籠は珍しく、泡銭《あぶくぜに》が落ちないから博打場《ばくちば》もなく、渡世人の姿も見えない。こぢんまりとした宿場全体に、なんとものんびりした空気が漂っている。

むろん、だから、脇往還を嫌う者もいる。が、私はそうではない。例によって、女でしくじる怖れは遠ざけてきたし、朋と一緒になってからは目移りする気すら起きなかった。私は女っ気のない、風が緩やかに流れる宿場を好んだ。

この季節になると、道の両側に台が置かれて、柿や梨、茹《ゆ》で栗などが並べられている。そこに売る人の姿はないが、台の脇に置かれた代金を入れる箱には、小銭が折り重なったままになっていて、誰も盗《と》ろうとする者がいない。

傍らの床几《しょうぎ》に腰かけて茹で栗なんぞを剝《む》き、庭先に誇らしげに置かれた菊の鉢やら、秋の陽をのんびりと浴びる鈴成りの柿の樹やらに目を預けていると、詩興《しきょう》も湧こうというものだ。

繁くではないが、長くは通っているので、二泊するときの宿場も旅籠も決まっている。旅籠の主《あるじ》とも顔馴染《なじ》みと言ってよい。

とりわけ、二泊目の主の惣兵衛《そうべえ》は俳諧をやるので、私が姿を見せると、いかにも好々爺《こうこうや》然とした顔を綻《ほころ》ばせてくれる。今回も、一帯の俳人に声をかけてあって、変わらぬ快い夜を過ごした。私としては、闘いの前に力を溜めておくといったところである。

翌日は早く発って、午前《ひるまえ》には西脇村の入り口へ着いた。

歩きながら、路《みち》から見える範囲の田を見渡しただけで、私の顔は曇る。おそらく、〝ずりこみ稲熱《いもち》〟は三割を越えているだろう。緑を残す田で足を停めても、つぶさに見れば、稲穂の首の処に褐色の輪がある。〝首稲熱《くびいもち》〟だ。早晩、この緑の田も枯死《こし》するのは必定《ひつじょう》である。

路からは見えない田に期待をかけたが、名主の勘右衛門の出迎えを受けたその足で回ってみれば、入り口近くの田よりもさらにひどい。それでもすぐには結論を出さず、翌日の分も併せて判断した末に、これはもう、年貢の減免と御救い金の額の寄合《よりあい》に入るしかないと腹をくくった。

「すでに上村でも御見分が入って、地頭《じがしら》様の原田様から、御救済の案が示されております」

その寄合で、勘右衛門が膝を詰めて言った。ずいぶんと、手厚い中身だ。

「失礼ながら、原田様は千三百石。一方、大久保様は二千四百石。持ち高からしても、上村を上回る御救済をお示しいただけるものと存じております」

「それはちがう」

私は即座に反論する。

「原田様の家禄は確かに千三百石だが、ただいま、御公儀において御作事奉行《おさくじぶぎょう》を拝命されておられる。御作事奉行の御役高は二千石ゆえ、当家と大差ない。加えて、御作事奉行は最も余禄の大きい御役目の一つである。これに対して、我が殿は無役《むやく》の小普請。入ってくるのは年貢のみだ。実高においては、原田様の三割にもならんだろうから、救済の中身においても、それ相応を覚悟してもらわなければならん」

「それでは百姓どもが収まりませぬ」

勘右衛門は気色張《けしきば》る。

「元来、上村と下村は同じ一つの西脇村でございます。二家の地頭様への相給《あいきゅう》ということで、たまたま二つの村に分かれておりますが、元々は一つだっただけに、逆に、互いに張り合う気持ちが強うございます。我が下村の百姓は、上村の地頭様よりも千石以上も多い御殿様を頂いてることを日頃自慢にしておるわけですから、かかる非常のときに上村に後《おく》れをとったとなれば、ずいぶんと落胆いたしましょう。今後のさまざまなお手伝いにも支障が出るやもしれません」

「それは重々に分かる。しかし、そこを曲げて言っておるのだ」

今日は、いつまで語りつづけるのだろうと思いつつ、私は唇を動かす。

こういう話し合いに、輪郭のくっきりした落とし処というものはない。

それぞれが立つ側の言い分を語って、語って、語って、語る言葉がなくなっても語って、互いに疲れ果て、もうわずかに声を出すのも嫌になったとき、そこに、結論めいたものが生まれる。たいていは、それまでに幾度も出てきた案だ。

それをまた立つ側に持ち帰って、再び顔を合わせ、また、初めにやったときと同じように、相槌《あいづち》を打つのも嫌になるまで語る。それを幾度か繰り返して、もう、なにがなにやら分からぬようになったとき、誰しもが本意とは言わない決着がつく。

勘右衛門も、私も、それを分かって喋《しゃべ》っている。それが名主の務めであり、勝手掛用人の務めだ。

分かっていても、また、幾度、経験しても、慣れるということはない。

慣れてしまっては疲れない。疲れ果てなければ、決着はつかない。ほんとうに相手をなんと愚《おろ》かなと思い、憎いと思いつつ喋る。

しかし、それにしても今日は早々と疲れていると私は感じた。まるで熱でも出たかのように、躰が重い。なんで、と訝《いぶか》って、すぐに気づいた。

今日は、朋が仏になってから初めての、そして、朋が戯作を書いていたと知ってから初めての寄合だ。

朋を失って、私という男は一段と縮んでいるらしい。人となりも、そして、おそらく俳風も。

江戸へ戻る朝は雨だった。

あと何度、この路を往復するのだろうと思いつつ村を出る。

疲れ果てた身に、雨の冷たさが追い討ちをかける。

どうにも足が重く、もう前へ踏み出すのも嫌になった夕刻、ようやく惣兵衛の旅籠に辿り着いた。

足を熱い湯で漱《すす》いでも、体調は戻らない。

俳諧の集まりも勘弁してもらって、すぐに夕食を取り、早めに敷かせた布団に寝転ぶ。

幸い、今日は自分の他に客はないらしく、廊下から喧噪《けんそう》も届かない。

まだ宵《よい》の口なのにうとうととしかけたとき、障子の向こうから惣兵衛の声がかかった。

横になったまま、入るように言うと、顔は見せたが、閉めた障子の傍らに座ったまま、照れたような顔つきでもじもじとしている。

「なんだ」

思わず気色《きしよく》わるくなって、訊《き》いた。

「お疲れのところ、申し訳ないとは思ったのですが……」

それでも、惣兵衛は歯切れがわるい。

「一応、お声がけだけでもさせていただければと存じまして……」

「だから、なんだ」

「その……女は、いかがかと」

「女？」

惣兵衛の口からは、けっして出てこないはずの言葉だ。

「ここに女はいなかろう」

どういうことだと訝りながら、重い口を開いた。

「いえ、飯盛女ではございませんで……」

惣兵衛は悪さをした子供のように俯《うつむ》いて話す。

「〝つゆかせぎ〟でございます」

「〝つゆかせぎ〟？」

「外仕事でその日稼ぎをしている日用取《ひようどり》は、雨に降られますと、お足が入ってまいりません」

惣兵衛は顔を上げ、腹をくくった様子で言った。

「で、いよいよ困ったときは、その女房が春をひさいで、子供を喰わせるというわけでございます」

「それで、〝つゆかせぎ〟か」

私のなかの俳諧師が、言葉の音を触る。

「さようで。ですが、今日の……銀《ぎん》と申す女子《おなご》なのですが、銀の場合はまた少々事情がちがっております」

「ほお」

私はだんだん話に引き込まれていく。

「銀は後家《ごけ》で、亭主はおりません。自分が作女《さくおんな》などの日用取をして、二人の娘を喰わせております。亭主ではなく、自分が雨で稼げぬゆえの〝つゆかせぎ〟なのでございます」

それで母娘《おやこ》三人喰っているのなら、立派といえば立派なものだと、私は思った。

「二年前に亭主に死に別れて、それから半年ばかりしてから頼まれました。ここはそういう旅籠ではないので駄目だと申したのですが、後生だからと両手を突かれまして。銀は元々この宿場で生まれ育った者ですし、いっときは、ここで女中をしていたこともございます。また、雨の日は必ずというわけでもなく、月に二、三度ですので、目を瞑《つぶ》ることにいたしました。相手も手前が選びまして、なるたけ馴染みのお客様で、信用のおけるお方にお声がけをさせていただくようにしております」

話を聞きながら、私は因果《いんが》なものだと感じていた。

あれほど、躰がだるかったのに、なぜか詩興が湧いて、疲れが抜けていく。

おもしろいと言っては語弊があるが、銀という女の話にも心惹かれるし、銀を見遣《みや》る惣兵衛の眼差《まなざ》しにも詩材《しざい》が宿る。喰い詰めて躰を売る女を、惣兵衛は排除しない。かといって、大仰《おおぎょう》に面倒を見るわけでもなく、あくまで稼ぐのは女という筋を崩さずに、すっと助《す》ける。糸一本で、転《ころ》げようとする者をとどめるように。

　女は宿場近くに住んでいるようだから、あるいはこの宿場一帯に、そういう眼差しが満ちているのかもしれない。私にはその眼差しが、人を置かずに柿や茄で栗を商う台と重なった。

「ここしばらくは無沙汰《ぶさた》だったのですが、久々に顔を見せまして。今日のお客様はおひと方だけで、女を買われるような御仁《ごじん》ではないので、いけないときつく申しました。ですが、どうやら切羽《せっぱ》詰まっているようで、そこをなんとか、と引き下がりません。伺ってみるだけ伺ってみるということで、ご迷惑とは存じつつ上がらせていただきました。いや、なに、断わっていただければ、諦めもつきましょう。手前も気を利《き》かせて伺った振りができればよいのですが、どうにもそのあたりが器用に運べない性分でして、まことに申し訳ございません」

　屋根を叩く雨音はますます激しくなっている。はて、どうしたものやらと思案していたとき、その雨音に突然、階下からの少女らしき笑い声が交じった。

「あの声は？」

　この旅籠に、小さな娘はいなかったはずだ。

「ああ、お耳に届きましたか」

　惣兵衛は少し耳が遠い。

「銀の娘で。五つと三つでございます」

「子供も連れてくるのか」

「夜に小さな子供たちだけで置いてはおけないということで、いつも連れてまいります。母親と娘だけだからか、妙に子想いの女で。ま、そのあいだは、娘二人は水屋《みずや》あたりで遊んでおります」

篠突《しのつ》く雨のなか、幼い娘たちの手を引いて旅籠を目指す女の姿を想った。あるいは、三つのほうは、おぶってきたのか。断われば、いま来た路を空の懐のまま三人で戻ることになるのだろう。

「買おう」

私は言った。

「よろしいんで！」

惣兵衛はいかにも驚いた顔を見せた。

「ああ、来てもらってくれ」

私は躰を起こした。

朋が仏になってから、まだ四月《よつき》なのか、もう四月なのか、ともあれ、芝居町育ちの面子《めんつ》にかけて、駄目とは言うまい。

これで、自分も少しは変わる。

少なくとも、女でしくじるのは厳禁と、遊び場の類《たぐい》には一切近づかなかった私とは縁が切れる。

「あの……」

部屋に姿を見せた銀という女は、布団の脇に座ると、白木綿に包んだものを差し出した。

「こんなものですが……」

広げると、なかには茹で栗が入っている。ひと手間かけて、皮を剝いてある茹で栗だ。渋まできれいに取れていて、思わず唇の端《はし》が緩む。

惣兵衛を疑うわけではなかったが、いまどき、そんなことがあるのだろうかとは感じていた。でも、銀の様子は、いかにも土っぽい。

「土産《みやげ》か」

私はつるんつるんの茹で栗に手を伸ばす。二人になったからなのか、部屋が心なしか温かい。銀の躰つきもあるのかもしれない。その日暮らしということで、痩せ細った女を想っていたのだが、銀の躰はゆったりと丸みを帯《お》びている。その浴衣《ゆかた》姿を目にしているだけで、温《ぬく》もってきそうだ。

「種《たね》をいただくので、気持ちです」

「種……」

種というのは、つまりは子種《こだね》のことか。素人《しろうと》とはいえ、こういう凌ぎをするからには、子ができぬためのなんらかの手立てを講じているものではないのか。種をいただく、とは、どういうことなのだろう。

「失礼いたします」

銀は答えずに、するりと布団に入ってきた。横になっても、浴衣の胸が大きく盛り上がっている。間近で見れば、二十代の半ばというところか。一重《ひとえ》に見えた目は奥二重《おくぶたえ》で、黒目が大きい。

横臥《おうが》して顔を近づけると、干し藁《わら》の匂いがした。天日《てんぴ》できれいに干し上がった稲藁《いなわら》の匂い。稲熱になどかかっていない、健《すこ》やかな稲だ。雨に閉じ込められた部屋にさっと陽光が差したようで、私はどこか救われる。

「種、と言ったな」

躰を寄せて、私は再び聞いた。

「ややこを授かりたいもので」

銀は子を待ち望む若妻のように言う。銀の言うことが、どうにも分からない。

「娘が二人いると聞いたが」

女手ひとつで子を二人喰わすだけでも苦労だろう。それに、いくら惣兵衛らの眼差しが注《そそ》がれているとはいえ、後家が赤子を産めば誹《そし》られるのは免《まぬが》れまい。どうして、子など望むのか。

「子は、多くいたほうが安心でございます」

けれど、銀の顔つきには周りの目を気にしている風が微塵《みじん》もない。

「それに、楽しい」

もう一人分、喰い扶持がかかることになるのも意に介していないようだ。明日の飯代を稼ぐために、見知らぬ男の脇に横たわっているのに、どうして、それほどおおらかでいられるのだろう。その顔に、死ぬまで活計に頓着することのなかった朋の顔が重なった。

「親の分からぬ子になるが、それでもよいのか」

銀は初めて、くくっと笑う。

「親は分かっております。ぜんぶ、わたしの子でございます」

「父親《てておや》のことを言うておる」

「男親《おとこおや》なんて誰だってかまいません。二人の娘も男親はちがいます。でも、わたしの子です。わたしの子であれば、それでいい。子は女のものです。四人だって、五人だって欲しい」

挑《いど》むような銀の目から、あの女の自信が伝わってきて、私は思わずたじろぐ。男はこのようには、己を信じ切ることができない。

銀に気圧《けお》された私が、次に言うべき言葉を探そうとしたとき、銀が片手を伸ばして私の右の手首を取る。

そして、残った手で浴衣の襟をはだけ、露《あらわ》になった重そうな乳房に、私の右手を押し当てて、命じるように言った。

「種を！」

その乳房の見事な白さが、顔や手の陽焼けを際立たせる。私は、色の落差に引き込まれるように、顔を埋《うず》めた。

頂きの淡い照柿色《てりがきいろ》に導かれて、口に含む。

と、銀はいきなり高まった。弾《はじ》けるようにのけぞって、私の頭を掻《か》き抱《いだ》く。

一気に気まずさが消えて、私もまた昂《たかぶ》る。諸々《もろもろ》の気煩《きわずら》いを、えいやっと放り出し、突如、湧き上がった奔流《ほんりゅう》に身を委《ゆだ》ねた。

果てた後は、知らずに眠ってしまったらしい。ふっと瞼《まぶた》が開いて、天井の板目が見えたときは、もう、銀はいないのだろうと思った。

けれど、傍らに顔を向けると、銀はそこにいて、微《かす》かな寝息を立てている。あの陽焼けの具合からすれば、いっときも休むことなく働き通しているのかもしれない。

なんとはなしに寝顔から目を離せずにいたとき、部屋の空気がすっと動いて、私は障子のある側を見やった。

わずかに開いて、女の子が顔だけを出している。

五歳の姉のほうだろう。銀をそのまま小さくしたようだ。紛れもなく、わたしの子、である。目が合うと、邪気のない顔で笑った。

あらためて、傍らで眠る銀を見れば、浴衣の襟はきちんと合わさっている。それをたしかめて、私は躰を起こし、姉に手招きした。

笑顔のままそっと入ってきた姉の背後には、三歳の妹もいる。妹も一見して、わたしの子、だ。私が寝床を空けると、二人は迷うことなく銀の横に潜《もぐ》った。

起き上がって、押入れをたしかめれば、そこに布団はある。私は、銀を起こさぬよう静かに布団を取り出して、隣りに並べて敷き、その端に滑り込んだ。川の字、というやつだ。こうすれば、二人のどちらかが、外へはみ出すこともあるまい。

まるで、四人の家族のようではないかと思いつつ、母娘を眺めると、いつの間にか目を開けていた銀が、私に微笑《ほほえ》みかけている。私はほっとして、瞼を閉じた。

三人から、またあの干し藁の匂いが届いて、雨降りなのに、私はほっこりと膨《ふく》らんでいるようだ。

雨音はますます激しさを増していたが、すぐに聴こえなくなった。


次の寄合は十二日後、江戸で持った。勘右衛門が愛宕下に参って、御家老を交《まじ》えて討議した。

私が西脇村から戻ると、大久保家では、若殿の来年の番入りが決まっていた。当然、物入りになる。つまりは、知行地からの才覚金《さいかくきん》に頼らなければならない。

今年の稲熱の被害の救済と、翌年の上納が入り交じって、話はさらに込み入ることになり、御家老が直接、勘右衛門と顔を合わせたいと言った。

かといって、話が格別進展したわけではなく、とりあえず、特に窮迫している百姓だけに、要求の三割ほどであったが一時金を下賜し、あとの案件はまた詰めることだけが決まった。

三度目は、そのまた十四日後に西脇村で、上村の名主も同席して開くことになり、私が向かった。

月は十月に入って、脇往還の路傍《ろぼう》の台の上には柿だけがあって、茹で栗は見えなかった。

一泊目の旅籠に着いたときは、初冬の夜空から星が墜《お》ちてくるのではないかと思えるほどだったが、翌朝起きてみると、雲が垂《た》れ込めていた。

なんとか持ったのは午過ぎまでで、八つには、とうとう厚みを増した雲が水粒《みつぼ》を吐き出し、惣兵衛の旅籠に着いた夕には本降りになっていた。

雨となれば、どうしても銀のことに気が向かう。

雨の日は必ずというわけでもない、と言った惣兵衛の言葉を思い返したり、はて、いたらどういう顔をすればよいかと想いを巡らせたり、あれこれといじましい。

物欲しげな顔になっていないかを気にかけつつ、戸を引く。すると、足を漱ぐための湯が入った桶を手にして、笑顔で出迎えたのは銀だった。

驚く私に、傍らの惣兵衛がからからと笑って言う。

「ややこができたらしくて。三月《みつき》なので、きつい仕事は控えさせて、うちで働いてもらうことにしました」

思わず、どきりとするが、三月ならば自分が父親であるはずもない。それに、銀の子は男親が誰であろうと、銀だけの子なのだ。

「ほらっ、そこの段、気をつけて」

惣兵衛はまるで、ほんとうの祖父様《じいさま》だ。

この世には、こんな人たちがいるし、こんな場処もある。この世は私が想ってきたよりも遥かに妖《あや》しく、ふくよからしい。

やはり、私はずいぶんと狭い世界から、詩材を採《と》っていたようだ。

部屋に上がって、すぐに夕食になり、銀が給仕してくれる。

目が合うと、悪戯《いたずら》っぽい笑みを浮かべながら、今夜は駄目ですよ、と言った。

そうだな、大事にせねばな、と、私は男親のように言って、腹から笑った。

そして、西脇村へ行くのも、今回が最後になるかもしれないと思い、寄合を済ませて江戸に戻ったら、『七場所異聞』を読んでみようと思った。

乳付
ちつけ

神尾《かみお》信明《のぶあき》との縁組が決まったとき、民恵《たみえ》は嬉しい反面、気が重かった。

ずっと気にはなっていた家格のちがいが、きつめの帯のように胸を締めつける。

民恵の父の島崎彦四郎《しまざきひこしろう》は、御目見以下《おめみえいか》の徒目付《かちめつけ》。一方、神尾の家は家禄四百石とけっして大身《たいしん》ではないものの、れっきとした旗本であり、しかも両番家筋《りょうばんけすじ》である。

五千二百家余りの旗本でも、遠国《おんごく》奉行や町奉行に上り詰めるための登竜門である両番、即ち小姓組番《こしょうぐみばん》と書院番組《しょいんばんぐみ》の番士に取り立てられる家筋《いえすじ》の家は、千五百家ほどしかない。

祝言《しゅうげん》の日取りが決まってみれば、いっそ信明も自分たちと同じ御家人《ごけにん》ならばよかったのに、と思うこともしばしばで、そもそも女だてらに漢詩など詠《よ》もうとしなければ、知り合うこともなかったのだと悔いることすらあった。信明には惹《ひ》かれるが、望んでもいない玉の輿《こし》に乗って、要《い》らぬ気苦労を背負《しょ》い込むのはなんとも億劫《おっくう》である。

生強《なまじい》の稽古事《ごと》ではもはや箔にならないと、母の直《なお》が漢詩の詩社《ししゃ》を見つけてきたのは四年前の天明四年の春だ。俳諧や和歌はもう当り前だけれど、漢詩ならばまだ女の姿は珍しい。その上、漢詩は武家の嗜《たしな》みの王道だから、きっと良い行儀見習先につながるはずだと母は言い、あの夫《ひと》も魚釣りになどかまけていないで、漢詩をやるべきだったのです、とつづけた。そうすれば、どなたかのお引立てに与《あずか》って、今頃はもう御勘定《おかんじょう》に取り立てられていたかもしれないのに。

目付配下の徒目付の役高は、百俵五人扶持《ぶち》。一方、勘定所の中堅である勘定のそれは百五十俵。一人分の扶持は五俵だから、差は二十五俵ほどでしかない。さまざまな案件の探索に当たる徒目付には、脛《すね》に疵《きず》持つ輩《やから》や、痛くもない腹を探られたくはない輩からさまざまな音物《いんもつ》が届くから、実質的な実入りはおそらく勘定にも引けを取らない。にもかかわらず直が勘定に憧れるのは、いくら潤っていようと徒目付はあくまで御目見以下の御家人であり、そして勘定が旗本だからだ。

御家人でいる限り、徒目付より上はもう望みようもないが、勘定の席に連なれば役料含め四百五十俵の勘定組頭《くみがしら》が、さらには役高五百石役料三百俵の勘定吟味役《ぎんみやく》さえ視野に入ってくる。そしてなにより、御家人と旗本では、周りから向けられる眼差《まなざ》しがちがう。

江戸は畢竟《ひっきょう》、旗本の町である。三代つづいて御家人としては天井の徒目付を務めてきた島崎の家にとって、御家人と旗本を分かつ壁を越えるのは悲願であり、だからこそ一人娘の直の婿《むこ》に、算盤《そろばん》に明るいという触れ込みだった彦四郎を迎えた。が、案に相違して彦四郎は勘定所の資格試験である筆算吟味《ひっさんぎんみ》に落ちつづけ、気づけば齢《よわい》五十を越えて、もはや望みを託すのも詮《せん》ないと、常に上に向いている直の目は十一になった息子の重松《しげまつ》と、十八の民恵に注がれたのだった。

重松のお伴のような形で通ってみれば、しかし、漢詩は民恵の肌に合った。李白《りはく》や杜甫《とほ》のような盛唐詩《せいとうし》を女が詠むのはいかにもそぐわなさがつきまとうが、四年前はまさに、そうした士大夫《したいふ》の古文辞格調詩《こぶんじかくちょうし》から、どうということもない日常を思うままに詠む、清新性霊派《せいしんせいれいは》の詩に切り替わろうとする潮目《しおめ》だった。民恵が学んだ西湖吟社《さいこぎんしゃ》はその清新性霊派の牙城《がじょう》の一つであり、ほんとうにこんなものでよいのかと訝《いぶか》りながら詠んだ詩は、西湖吟社を主宰する北原星池《きたはらせいち》から男には望めぬ景色と認められ、以来、民恵の手はまるで枷《かせ》を解かれたかのように、次から次へと七言絶句や律詩を紡《つむ》ぎ出したのだった。

初めはどうにも馴染《なじ》めなかった男ばかりの吟社の臭いも、詩にのめり込むほどに気にならなくなり、強張《こわば》りがちだった唇も次第に緩《ゆる》んで、詩友《しゆう》としての会話にもようやく馴れた三年前の秋、その年の初夏《はつなつ》に西湖吟社に加わった神尾信明から声をかけられた。

「あなたは、有り合せの材料で、そこそこ旨《うま》い料理をつくるのが上手ではありませんか」

信明の言葉はあまりに唐突で、どうしてでしょうか、と聞くと、あなたの詩はそういう詩だから、と答え、すぐに、あわてた風で付け加えた。

「いや、これは誉《ほ》めているのです。誉め言葉です」

神尾信明の詩名は、彼が前の詩社にいた頃から伝わっていた。

そのどれもが、清新性霊派を牽引《けんいん》する若手の要《かなめ》という類《たぐい》のもので、そういう信明から、有り合せの材料で……と指摘されれば、いくら誉め言葉と念を押されても、自分の詩がいかにもちまちましく映るのだろうと思わざるをえなかった。

気落ちから立ち直れないまま家路をたどったものの、考えてみれば、自分の詩はたしかに有り合せの材料でささっと仕上げた詩でしかなく、やはり皆から嘱望《しょくぼう》されるような人は、言うべきことをきちんと言ってくれると思い直した。

信明のように、人がいやがることを口にしてくれる人はめったにいるものではない、次に会ったら、どうすればもっとましな詩をつくれるようになれるかを聞いてみようと、心に決めたのだった。

「いや、なにも変えることはないのではありませんか」

けれど、六日後に顔を合わせたとき、信明は言った。

「いまはとにかく、詩が次々と浮かんでくるのでしょう？」

「それはそうですけれど……」

「ならば、変える必要はありません。筆が止まって動かなくなったら、そのときまた考えましょう」

信明はそう言って、武家とも思えぬ、白花《しろばな》の山吹《やまぶき》のような笑顔をよこした。

気持ちは軽くなったものの、その涼《すず》やかな笑顔にはぐらかされているような気もして、思わず民恵は、お稽古なんです、と言っていた。

「踊りや三味線と同じお稽古事なんです。すこしでも良い行儀見習先が見つかるように、漢詩を習っているんです。詩が縮《ちぢ》こまっているのも当り前なんです」

　言い終わってから、なんでそんな言わずもがなのことを口に出してしまったのだろうという想いがどっと押し寄せ、知らずに涙が滲《にじ》んで、己《おのれ》のみっともなさに打ちのめされていると、信明がすっと唇を動かした。

「同じですよ」

　あの白花の山吹のような笑みが、また、あった。

「わたしもそうです。この時代、武家が人とつながるのに、いちばん効《き》くのが漢詩です。わたしにしても、すこしでも良い御役目に就《つ》けるように、漢詩を学んでいるのです」

　そして、ややあってから言葉を足した。

「でも、いいじゃないですか。詩をやるきっかけなんて」

　繕《つくろ》っている声には、聴こえなかった。

「詩を詠むのが好きならば、それでよいのではありませんか。あ、それにあらためて言い添えておきますが、わたしの先日の発言はほんとうに誉め言葉です。有り合せの材料だけでそこそこ旨い料理をつくるのはすこぶる難しいことで、生強の者に望めるものではありません」

　それからは繁《しげ》く、言葉を交《か》わした。

　この人にはどうせ見透《みす》かされているんだと思うと気が楽で、回を重ねるほどに唇が緩んでゆき、家のなかのことを洩らすことにも抵抗がなくなった。

父が一向に母の期待に応えられずにいること、それでも、いつも飄々《ひょうひょう》としている父を、自分は嫌いではないことなどまで話した。

そのようにしてふた月ほどが過ぎた秋の終わり、信明が不意に、行儀見習先を探していると言っていましたね、と口を開いた。

「ええ」

民恵は答えた。

「ならば、神尾の家はどうでしょう」

「神尾と言われますと、つまり、神尾様のお宅ですか」

お屋敷、ではなく、お宅と言ったのは、そのときまで、神尾の家筋を知らなかったからだ。腰の大小から、信明が武家であることはむろん分かっていたが、あるいは浪人かもしれないとさえ思っていた。

「さようです。ただし、行儀見習ではなく、嫁としておいでいただきたい」

供揃《ともぞろ》えもなく、旗本の徴《しるし》である袋杖《ふくろづえ》も手にしていない、ただ詩にのめり込んでいる様子の若者に四百石の旗本は重ならず、まして、両番家筋であるとは、想いもつかなかった。

信明が望んでくれたところで、御家人の娘が両番家筋の嫁になれるはずもないとは思った。

すでに先代は逝去して信明が当主になってはいたが、姑《しゅうとめ》が認めるわけがないし、同じ両番家筋がひしめく、神尾の一族の承認が取れるとも考えられなかった。当然、同格以上の家筋との縁組を求めるはずであり、また縁戚の家のなかにも、信明との縁組を望む娘がいくらでもいるだろう。

そのようにさまざまに想いを巡らせていると、いつしか疑心暗鬼にもなって、あるいはよく耳にするように、嫁が携《たずさ》えてくる持参金目当ての縁組なのかとも疑った。けれど、御家人にしてはゆとりがあるとはいえ、旗本が望む額の持参金を徒目付の家が用意できるわけもない。念のために、そういう話になっていないか、父母にたしかめてもみたが、めっそうもないという風に、首を横に振るばかりだった。

半信半疑のまま話はとんとんと進んで、形をつくるために然《しか》るべき旗本の家にいったん養女に入る、という煩《わずら》わしさを求められることもなく、明けた早春に祝言を挙げる運びになった。おそらくは信明が、島崎彦四郎の娘のまま嫁入りできるように配慮してくれたのだろうが、こちらになんの波風も当たらないのは、信明がその波風を一身に受け止めているからに他ならない。それとなく感謝の気持ちを伝えると、しかし信明はぽつりと、いや、どうということもありません、と言った。

そのようにさりげなく、しかし力強く、風除《かぜよ》けになってくれるほどに、民恵の胸は塞《ふさ》いだ。

信明にそこまでしてもらうほどの価値が、自分に備わっているとは、とうてい思えない。そもそも、信明が自分に声をかけてきたのも、男ばかりの詩社のなかに女が一人混じっていたからだろう。どう贔屓目《ひいきめ》に見ても、自分の姿形《すがたかたち》は、鈴木春信《すずきはるのぶ》が錦絵《にしきえ》に描く笠森《かさもり》お仙《せん》や柳屋《やなぎや》お藤《ふじ》とは程《ほど》遠い。人によっては、あっさりとした顔の造りが可愛《かわい》いと世辞《せじ》を言ってくれるものの、誰もきれいとは口にしない。漢詩をやっていたからこそ、金魚が緋鯉《ひごい》に見えたのであり、詩社という瓶《かめ》から掬《すく》い上げて池に戻せば、たちまち金魚は金魚でしかなくなるだろう。

そのようにぐずぐずと案じつづけたが、年の瀬になって、新年と嫁入りの支度《したく》の慌《あわ》ただしさに紛《まぎ》れているうちに、ま、仕方ないと観念した。あれこれ考えても、いまさら信明が差し向けてくれた舟を下《お》りるわけにはいかない。こうなったからには、たどり着くところまでたどり着いて、自分が先行きどうなるのかを見届けよう。せめて、信明の気持ちに報いるために、すんなりと男の赤子を授かればいいが、などと思いながら年を越した。

それから、二年半近くが経って、いまは天明八年七月の盆である。

民恵が奥様に収まった神尾家の屋敷は、芝《しば》は愛宕下《あたごした》の藪小路《やぶこうじ》にあって、この時節になると、江戸では珍しい盆踊りが見られる。程近くに構えられた越後《えちご》長岡《ながおか》藩を預かる牧野《まきの》家の中屋敷前に、増上寺で俗勤《ぞくづと》めをする人たちが三々五々集まってきて、やがて円を描くように踊り始めるのである。僧侶にならずに増上寺に詰める者たちの八、九分は越後衆であり、やはり越後の新発田藩《しばた》を治める、久保町《くぼちょう》の溝口《みぞぐち》侯の屋敷前にも盆踊りの輪が生まれる。越後が延びる芝愛宕下は、盆踊りの街でもある。

両侯の屋敷のあいだにある神尾の家にも、越後の唄が、太鼓の音が届く。例年ならば、芝の初秋の風物として耳を楽しませることもできるが、五年前に浅間山《あさまやま》が噴火して以来の、飢饉の疵が癒《い》え切らない時節《じせつ》の盆とあってみれば、なにやら音色《ねいろ》も物哀《ものがな》しい。けれど、神尾の屋敷の門を潜《くぐ》れば、そこは喜びに包まれている。当主の信明が、二十八歳にして、本丸書院番三番組に初出仕したのである。

両番家筋とはいっても、誰もが書院番組と小姓組番に番入りできるわけではない。資格を持つ家は千五百家ほど。そして、本丸と西ノ丸の両番二十組を合わせた番士の枠《わく》は千名である。巷《ちまた》では半数を越える六、七分ほども番士になることができるという言い方をされがちだが、六、七分がたが番入りするからこそ、けっして残る三、四分の五百家のなかに数えられてはならない。両番家筋の家は、嗣子《しし》が御当代様《ごとうだいさま》の初見《しょけん》に与ってから番入りするまで、張り詰めた時を送る。信明が将軍家第十代徳川家治《とくがわいえはる》に初御目見したのはもう七年前であり、それだけに、神尾の家は安堵の色に染められていた。

加えて、神尾家は六日ほど前に世継ぎを得ていた。幼名、新次郎《しんじろう》。民恵が男子を産んだのである。

番入りと嗣子誕生が重なって、神尾家は二重の喜びに浸《ひた》っているが、民恵の顔は浮かない。赤子の産声《うぶごえ》を聴き届け、男の子であることをたしかめたのも束の間、熱に襲われて臥《ふ》せってしまった。意識も途切れとぎれで、ようやくはっきりと目覚めたのは、五日が経った昨日の午《ひる》過ぎである。すぐに新次郎を抱いて乳を含ませたいと姑の隆子《たかこ》に訴えたが、医者に止められていると退《しりぞ》けられた。母体の熱を上げさせた産褥《さんじょく》の毒が子に回らぬよう、大事をとると言う。夕になって、城から戻った信明も案ずる顔を隠さずに、しばらく床《とこ》は上げずに躰《からだ》を休めてください、と言い、そして、おもむろにつづけた。

「危なかったのですよ」

夫婦《めおと》になっても、信明は詩社にいた頃と変わらぬ丁寧な物言いをする。それを怪訝《けげん》に思ったこともあったが、やんわりと諭《さと》されてみれば、まだ躰の奥に危《あや》うさの徴のようなものが残っている感覚があって、そのときは、信明の角の丸い言葉がありがたかった。

今朝になって、隆子自ら新次郎を抱いて部屋を訪れてきてくれて、怖いほどに柔らかい躰を両の腕に包んだ。目を瞑《つぶ》って眠っているのに、時折、にやりと笑う。

思わず、寝間着を介してではあるものの、重みを増した左の乳房を真っ赤な頬《ほほ》に押し当てると、まだ微《かす》かに痛みの残る躰の深くから愛《いと》しさが噴泉のように込み上げてきて、一刻も早く、乳房を覆う薄布を退《の》けて、その唇に乳首を含ませたいと思った。それに、赤子を産んだだけでは、信明の気持ちに報いたことにはならない。しっかりと、自分の手で新次郎を育て上げなければならない。これからは臥せっていた分も取り返さなくてはと、知らずに新次郎を抱く腕に力が入ったとき、傍《かたわ》らで見守っていた隆子が不意に言った。

「お乳は心配いりませんよ」

隆子は五十を越えてもなお美しく、物腰柔らかなのに気丈で、いかにも旗本の奥方らしく、民恵は顔を合わせるたびに、自分はこんな風になれそうもないと思わされる。

「遠縁の者で、瀬紀《せき》という妻女《さいじょ》に乳を与えてもらっています。すでに四人の子を育てているので、赤子の扱いは十分に心得ており、新次郎もそれは力強く乳を飲んでいます。安心して、いまは躰を休めることに専念なさい」

ゆっくりと頷《うなず》いて、わずかに腕の力を抜いた民恵に、隆子はつづけた。

「実は、もともと、瀬紀殿には乳付《ちつけ》をしてもらおうと思っていたのです」

どういうことかと、民恵は想う。

「当り前のことですが、初産《ういざん》の母は乳をやるのも初めてです。母も赤子もお互い初めてなので、どこかぎこちなく、赤子は落ち着いて乳を飲むことが難しくなります。つまり、なかなか上手になりません。赤子が乳を吸うのが下手だと、母の乳の出がわるくなる。乳が出ないという悩みの元は、赤子の下手さにもあるのです」

そのように言われてみれば、そういうものかと思わざるをえない。

「ですから、最初の乳は縁戚の手慣れた者に頼みます。慣れているから、赤子も安心して吸いついて上手になる。上手になったところで、母親に戻します。初めからその予定だったのですから、貴女《あなた》が気にされることはありません。しっかりと養生して、すっかり回復したら、貴女が乳をおあげなさい。もう、新次郎もすっかり乳首に慣れて、とても上手になっていますよ」

姑が気を遣《つか》って言ってくれていることは伝わってきたが、それでも自分の意識が朦朧《もうろう》としているあいだに、我が子が乳の吸い方がうまくなっていると知らされれば、どうにも釈然としない。いくら仕方なかったのだと思おうとしても、やはり、それは自分がするべきことだったのではないか、という想いがどうしても残る。

縁戚とは聞いたが、いったいどんな女《ひと》が新次郎に乳を含ませていたのかも気になって、その瀬紀様にいまお会いできないか、と隆子に願った。自分のわだかまりはわだかまりとして、この六日近く、自分の子もいるにもかかわらず、乳を付けつづけてくれたことについては、深く礼を申し述べなければならないとも思った。

「そうですね」

けれど、姑は首を傾《かし》げて言った。

「でも、最初の顔合わせは床上げのあとのほうがよいでしょう。縁戚とはいっても、やはり家人《かじん》とはちがいますから。いまの貴女のいちばんの務めは養生することですよ。気持ちは伝えておきます」

そう告げたあとで、躰の負担になるからと姑は両手を差し伸べ、新次郎を抱き受けようとしたが、民恵は、もう少しだけ、と乞《こ》うて、気取《けど》られぬように乳房を押し当てた。

瀬紀と顔を合わせたのは、それから三日が経った七月十七日の朝四つだった。

前日の送り盆に、思い切って布海苔と小麦粉で髪を洗い、風呂を頂いて、髪結いを呼んだ。それだけで半日以上が過ぎてしまったが、夜具を片づけ、茶殻で拭き清めた座敷につくばって、結い終わった丸髷に気に入りの笄を差し、ふっと息をついて、まだ咲き誇りつづけている庭の百日紅の花に目をやると、早く明日が来ればいい、と思うことができた。きちんと瀬紀に御礼を伝えて、けじめをつけ、時間を元に戻さなければならない。

けれど、日が替わってみれば、民恵の想うとおりには運ばなかった。

藪入りの昨日も屋敷から出ずにいてくれた女中の芳が呼びに来て、姑の座敷へ出向いてみると、隆子と共にいたのは、二十二の民恵と同じ齢格好の若い女だった。肌が白磁のように白く、肌理細かく、同じ女でも魅入られてしまうほどに輝いていて、いかにも細く華奢な腰つきが、まだ子供を産んでいないことを訴える。

顔の造りは小ぶりだが目は大きく、その大きさを恥じて小さく見せようとしているのか、常に瞼を伏せがちにしている様が憂いを仄めかす。文字どおり錦絵から抜け出てきたようであり、旗本のお姫様を絵に描いたようでもある。この女は誰なのだろうと訝りながら膝をたたんだ民恵に、しかし隆子は言った。

「早速ですが、紹介いたしましょう。こちらが瀬紀殿です」

すぐに、女も名乗った。

「瀬紀と申します。ご挨拶もせぬまま、御屋敷にお邪魔いたしております。以後、お見知りおきくださいませ。奥様におかれましては、すっかり回復されたとのこと、恐悦《きょうえつ》至極に存じ上げます」

間近から届く声がまた涼しくて、残暑を忘れるほどに快《こころよ》く、とたんに民恵はうろたえた。

すでに四人の子を産んでいる、と聞いていたので、勝手に四十に近い婦人を想い描いていたのだが、あれは姑の言いまちがいだったのだろうか。それとも、早々と十五、六で母になったのだろうか。それにしても、まるで娘のようなこの姿形はなんなのだろう。ともあれ挨拶を返し、なんとか用意しておいた礼の言葉を並べたものの、そのあとで、どんなやりとりをしたのかはよく覚えていない。見れば見るほど、目の前の美しい女と新次郎に乳を付けてくれた女が重ならず、混乱するばかりの頭がようやく堂々巡りを止めたのは、芳に抱かれていた新次郎が泣き声を上げたときだった。

思わず腰を浮かせた民恵を遮《さえぎ》るかのように、隆子が初めて孫を授かった姑の顔をあからさまにして、あらあら、お乳が欲しいのかしらね、と言い、瀬紀殿、とつづける。瀬紀は一瞬躊躇《ちゅうちょ》して民恵のほうに目を向けたが、再び隆子に促されると、芳から新次郎を抱き受け、縞縮緬《しまちりめん》の単衣《ひとえ》の胸をはだけた。

柳のような腰には似つかぬずっしりとした乳房が現われ出て、新次郎が吸い寄せられるようにその先を頬張る。

初産の自分の乳首は褐色に変わって濃さを増しているのに、瀬紀のそれは四人の赤子を産んでいるにもかかわらず、淡い桃染《つき》色に染まっている。その桃染色の広がりに、新次郎は自分には目もくれずに顔を埋《うず》めて、ほくほくと頰を膨らませた。傍らでは、隆子が柔らかな笑みを浮かべて眺めている。

知らずに民恵は、ほんとうはこうだったのだと感じる。

目の前の光景には、なんの違和感もない。瀬紀はその絵に収まっている。自分よりも遥かに旗本の奥様らしく、隆子との関わりも自然だ。

隆子がいて、瀬紀がいて、芳がいて、そして新次郎がいる。足らないものはなにもない。自分だけが、よけいだ。

いたたまれない想いが込み上げる民恵に、不意に隆子が、あげてみますか、と声をかけた。民恵が答える前に、瀬紀が新次郎を乳房から離し、笑みを浮かべながらにじり寄る。どうしようと思う間もなく、勝手に両手が伸びて、むずかる新次郎を抱き受け、吸ってくれ、出てくれと念じながら乳房を与えた。

新次郎は色のちがう乳首を嫌がることなくくわえて、初めて知る強さで吸う。思わず安堵したが、吸われるたびに乳首ではなく躰の深くに痛みが走って、この痛みはなんなのだろうと民恵は思った。

気休めに腰をずらしてみるが、去る気配はない。脈打つ痛みを、民恵は忘れようとする。痛みくらいで、新次郎の唇を放したりはしない。抗《あらが》うように右の腕に力を送ろうとしたとき、しかし、新次郎が乳首を避《よ》けた。

そして、すぐに泣き声を上げる。

そうではないかと思ってはいたが、やはりそうらしい。乳が出ていないらしい。もう一度、乳首に導いてみるが、もはや新次郎は頬張ろうとしなかった。

「ゆっくり、ゆっくりね。あせることはありません」

隆子が言って両手を差し出す。拒もうとしない自分をはがゆく感じつつも、民恵は新次郎を戻した。

再び、瀬紀の乳房にありついた新次郎はとたんに泣くのを忘れ、吸うのに没頭する。その小さな頭のなかに、自分の居場処《いばしょ》はまったくないのだろう。今日できっぱりと戻そうとした時間は、まだまだつづくようだ。

瀬紀の白い胸元に浮かぶ仄青《ほのあお》い筋を認めながら、民恵は不意に、この女《ひと》を会わせてはいけないと思った。この女を信明に会わせてはいけない。この女を見れば、信明はたちまち、己のまちがいに気づくだろう。

そうはいっても、民恵がなにかをできるわけでもなく、それでも瀬紀と信明の時間が重ならずに七日が過ぎた七月二十四日の夕七つ、乳を付け終えて戻る瀬紀と、城から帰った信明が門を入った辺《あた》りで顔を合わせるのを、民恵は見送りに出た玄関先から見た。

隆子からは縁戚と聞いていただけなので、瀬紀と信明がどういうつながりになるのか民恵は知らない。知らないけれど、軽い挨拶を済ませればすぐに自分の立つ場処へ戻ってきてくれるはずだという期待に反して、信明は久々の瀬紀との再会を心から喜ぶように顔を崩し、唇を動かしつづける。屋敷内とはいえ、奉公人の目もある。他家の妻女とあまりに親しくしすぎるのは、差し支《つか》えがあるのではなかろうか。

信明はしばしば、旗本の当主の枠からはみ出す振る舞いをする。信明のなかで、清新性霊派の詩人が、書院番組番士に勝つのかもしれない。とはいえ、だからこそ自分はいまこの屋敷の奥様でいるのだなどと思いつつ、民恵は二人に目をやりつづける。

声は届かない。それでも、二人の掛け値なしの笑顔から、ずいぶんと近しいことが分かる。瀬紀はまるで、御役目から戻った夫を出迎えている若妻のようだ。

そんなことはない、妻は自分だと民恵は思おうとする。こんな離れた処《ところ》で立ち尽くしていることはない。自分もそこに行って、話に加わってかまわないのだと叱咤《しった》するが、足は動こうとしない。

七日前の床上げ以来、瀬紀の姿が見えなくなったあとで、新次郎に乳房を含ませているが、やはり乳は出ない。しびれを切らした新次郎がむずかるほどに己の居場処が狭《せば》まっていく気がして、だんだんと民恵は隠れるようにして胸をはだけている。与えてはいけないものを、与えている気になっている。

まだ、産褥の毒が残っているのかもしれない。だから、鬼子母神《きしもじん》が乳を止めているのかもしれない。躰の深くの痛みは、きっと鬼子母神の声なのだ。

ようやく信明が戻って、民恵は言葉を待つ。瀬紀との縁つながりを説く言葉を待つ。

けれど、信明の唇から出てきたのは西湖吟社の様子だった。城の帰りに立ち寄ったらしい。共に知る名前が次々と出てきて、民恵はいちいち相槌《あいづち》を打つが、懐かしさもそこそこである。それよりも、いましがたの瀬紀との話の中身を知りたい。

「瀬紀様はお美しいですね」

民恵は思い切って口を挟む。

「はあ」

けれど、信明からは力のない返事が戻ってきた。

「そうですね」

そして、すぐにまた詩会の話に戻してしまい、もうそれ以上は訊《き》けなかった。明らかに信明は、自分と瀬紀の話をするのを好んでいない。

自分はおそらく……と、民恵は思う。夕餉《ゆうげ》のあいだも、新次郎に湯浴《ゆあ》みをさせているあいだもずっと、自分はおそらく……と、思いつづける。……信明に瀬紀との縁を尋ねることはできないだろう。訊けば、訊かねばよかったことを、たんと聴かされることになるにちがいない。なにも、この屋敷を出ていく時間を自分から早めることはない。自分はまだ新次郎に乳を与えていない。乳を与えないまま、出ていくわけにはいかない。

三日前、よければ一緒に炊《た》きなさい、と言って、隆子がいかにもついでの風で、鬼子母神の御札《おふだ》と一緒に洗米《せんまい》を渡してくれた。わざわざ雑司ヶ谷《ぞうしがや》まで、願掛《がんか》けに行ってくれたらしい。

「雀《すずめ》にあげてもよいですよ」

別に出なくともよいと気遣ってくれる姑のためにも、自分の乳で新次郎をお腹《なか》いっぱいにさせなければならない。

きっと唇を閉ざしつづける民恵に、信明がぽつりと、言ってみれば乳縁《にゅうえん》ですか、と言ったのは、床を延べ終えた夜五つだった。

「瀬紀殿とは遠縁で、どういう縁筋になるのか、きちんと覚えていません」

とたんに、民恵は、耳に気を集めた。

「でも、割と近しいのは二人が同い齢で、同じ縁者の女《ひと》に乳を付けてもらったからです。母は乳が出ず、瀬紀殿の母御は瀬紀殿を産む際に命を落としておいででした。不思議なものですね。覚えているはずもないのに、同じ乳房を分け合ったと知らされると、とても近い人に感じられる」

ならば、あの近しさもしかたないのだろうと、民恵は己に説こうとした。

「しかし、まさか新次郎が瀬紀殿に乳を付けてもらっているとは知りませんでした。たしか瀬紀殿は、初めてのお子を産んだときは乳が出なかったと聞いた覚えがあります」

「そんなことまで殿方《とのがた》の耳に届くのですか」

思わず問うた民恵に、信明はあの白花の山吹のような笑顔を浮かべて言った。

「わたしは清新性霊派の詩人ですよ」

そのときふと、なんで今日、信明は西湖吟社に顔を出したのだろうと思った。

番入りしてからは、そうそうは足を向けることができず、たまに詩会に出るときは必ず民恵にひとこと言っていくのだが、今日に限っては聞いていない。世間ではどうということもないことだが、信明らしくはない。

しかし、ま、信明もいつまでも自分の妻にいちいち律儀《りちぎ》を通してもいられないだろうと、気持ちはまた瀬紀のことに戻っていった。

瀬紀も乳が出なかったというのは、ほんとうだろうか……。


翌朝も乳を付けに来てくれた瀬紀に、民恵は意を決して切り出した。

「不躾《ぶしつけ》なことを伺ってよろしいでしょうか」

「どうぞ、なんなりと」

瀬紀の目尻には、笑みがあった。

「失礼とは存じますが、瀬紀様も初産の折、乳が出なかったと耳に挟みましてございます。それはまことのことでしょうか」

「ええ、まことです」

瀬紀はなんの躊躇《ためらい》もなく答え、ややあってからつづけた。

「民恵様は小夜《さよ》様をご存知ですね」

すぐに頷いたが、相槌の声は出てこなかった。聴くのが辛い、名前だった。

祝言を挙げて、初めて親しく口をきく機会があった神尾の縁者が、小夜だった。そのときは、名前とは裏腹に、雌牛《めうし》のように頑丈そうな体軀が目の裏に焼きついて、すぐに名前を覚えた。けれど、一昨年のちょうどいま頃、小夜は三度目のお産に臨み、産褥の熱によるたらつきから戻らぬまま息を引き取った。民恵が神尾の家に入ってから、初めて参った葬儀は、小夜のものとなった。

春に会ったときは、わたくしは戌《いぬ》年ではないのですが、まるで犬のようで、と言って、からからと笑っていた。

「初産のときも二度目も、ほんとうに呆気《あっけ》ないほど安産でした」

その小夜が逝《い》った。

信明から、自分が危なかった、と聞かされたとき、思わず浮かんだのも、小夜の死化粧《しにげしょう》だった。女《おんな》の死は、日々の暮らしの傍らにあった。

「もう八年も前のことですが、最初の赤子は小夜様に乳を付けていただきました」

瀬紀は言った。

「わたくしは二十歳《はたち》。小夜様は二十三になっておいででしたが、そのときは我が子に乳を付ける小夜様が、それはそれは美しく見えましてね」

その先を言ったものか、瀬紀は思案しているように見えたが、結局、唇は動いた。

「わたくしは悋気《りんき》いたしました」

「悋気……でございますか」

思わず、民恵は言葉を挟んだ。逆はありえても、瀬紀が小夜に嫉妬《しっと》するなどありえない。

「ええ、悋気いたしました。小夜様に夫を盗《と》られてしまうのではないかと怖れました」

瀬紀は真顔《まがお》だった。

「わたくしの悋気は激しゅうございます。生半可《なまはんか》ではございません。それで疎《うと》んぜられたのでございましょう。三年の後、二人の子を残して婚家《こんか》を出ることになりました」

初めて聴く、瀬紀の来《こ》し方《かた》だった。

「いまは縁あって、他家で再び妻《さい》にしていただいておりますが、乳が出るようになったのは、その家で三人目の子を授かってからでございます。自分は乳の出ない女なのだと諦《あきら》めておりましたので、出たときはほんとうに驚きました。なにやら、自分が別の者に入れ替わったようで。女の躰は怪《あや》しゅうございます」

その日もよく晴れ渡って、真夏を想わせる陽《ひ》が降り注ぎ、百日紅の花弁の韓紅《からくれない》が薄藍《うすあい》の空を抉《えぐ》っていた。

小夜の弔《とむら》いのときも百日紅が咲き誇っていて、なんでこれほどに鮮やかなのだろうと思ったことを覚えている。

「初めて我が子に乳を与えたときは嬉しいというよりも、あ、こういうことなのかというような……。それよりも、小夜様の残されたお子に乳を付けさせていただいたときのほうが、ふつふつと嬉しさが込み上げてきました。小夜様は亡くなられましたが、お子はご無事でした。こちらの母上様のご指示で、わたくしがそのお子に乳付をさせていただいたのでございます」

瀬紀は変わらずに美しかったが、もう、若い娘のようには見えなかった。そこにはたしかに、己の躰を痛めて四人の子を産んだ女がいた。

「なんと申し上げたらよいか、自分が勝手に悋気をいたした罪滅ぼしをさせていただいているような気持ちもあったのでしょうが、それだけではございません。もっと広がっているとと申しますか、際《きわ》がないと申しますか、乳を付けるほどに己というものが薄くなっていって、なんとも心休まるのでございます」

瀬紀が己の悋気を語り始めたとき、民恵は見透かされたのかと訝った。己の身の上話を介して、自分の悋気を諫《いさ》めているのか、と。

けれど、話に耳を傾けるほどに、そんなことはどうでもよくなった。自分の躰のなかの女が、瀬紀の話の先を急《せ》かしていた。

「そのようにさせていただいて、なんとのう感じるようになったことがございます」

瀬紀の言葉は、躰に染み入るように入ってきた。

「女は悋気をする生き物でございます。ですが、それだけの生き物でもございません。狭いようでいて、実は、際もなく広い。わたくしのこの双《ふた》つの乳房はわたくしのものであって、わたくしのものではございません。また、我が子のみのものでもない。小夜様のお子の乳房であり、新次郎様の乳房でもあります。これからも、何人ものお子の乳房になっていくかもしれませぬ。女の乳房はけっして一人の女のものではなく、一族の乳房なのでございます」

一族の乳房……。

「民恵様もいま乳が出ないからといって、くれぐれもご自分を責めることのなきよう。いまがすべてではございませぬ。わたくしのようなことも多々あるのでございます。あるいは明日出るやもしれませぬし、次のお子のときに、いやというほど出るやもしれませぬ。そのときは民恵様が一族の赤子に、たんと乳をお付けなさいませ」

「もしも、これからも出ぬときは……」

出るやもしれぬ。けれど、出ぬやもしれぬ。

「姑の隆子様は、信明様の二人の妹御のときも出なかったと伺っております。それでも気にかけることなく堂々として、一族の乳付の差配をされておいでです。乳付の差配は神尾本家の奥様の御役目で、いずれは民恵様がその役を継ぐことになります。わたくしはいつも恬淡《てんたん》として役をこなされている隆子様を、心より尊敬申し上げております」

やはり、この女《ひと》こそ神尾家の嫁に相応《ふさわ》しいと思いつつ、民恵は言った。

「瀬紀様にも赤子がいらっしゃるのに、新次郎に分けていただいて、心苦しく存じております」

「民恵様」

瀬紀は言った。

「わたくしの四人目の赤子は、生まれはいたしましたが、ついぞ声を上げることはございませんでした」

ひとつ息をついてからつづけた。

「お産は酷《むご》い仕業《しわざ》でもございます。母も亡くなるし、子も亡くなります」

小夜の死化粧がまた浮かんだ。母の死も、子の死も、傍らにある。

「乳の要るところに乳がなく、乳の要らぬところに乳がある。わたくしたちは乳付で、その酷さに挑《いど》まなければなりません」

赤子を亡くしたことをひとことも語らずに新次郎に乳を付けつづけた女《おんな》の顔を、民恵は正面から見た。

昔、激しい悋気をしたことも、離縁されてから後添《のちぞ》えに入ったことも、瀬紀の美しさの彫りを深めているようだった。やはり、信明は見誤ったのだと、民恵は思った。

その日の夕七つ、瀬紀が戻るのと入れ替わるように、民恵の父親の島崎彦四郎が姿を見せた。非番の日は決まってそうであるように、軽衫《かるさん》を穿《は》き、継ぎ竿と魚籠《びく》を手にしている。

探索という仕事柄なのか、それとも、もともとの性分なのか、彦四郎はすっと人のなかに入っていく。すでに信明はむろん、隆子まで釣りの輪に取り込んで、目の前の芝の海は言うまでもなく、羽田の沖や相模の川崎くんだりまで舟を繰《く》り出していた。いまや、神尾の家の誰もが、彦四郎がいつ顔を出しても当り前と思うようになっている。民恵と目が合って、井戸端《いどばた》を借りるぞ、と言ったときは、もう隆子とのやりとりをひとしきり済ませてきたあとだった。

「今日はどちらまでおいででした？」

彦四郎が台所ではなく、井戸端を借りると言ったときは、なにか話があるときである。民恵はなにげない言葉を並べながら彦四郎の傍らにしゃがみ、まだ胸に残る瀬紀との語らいを脇に退けた。

「羽田の六郷だ」

彦四郎は器用に石鰈《いしがれい》を捌《さば》く。魚籠のなかには鱸《すずき》と沙魚《はぜ》も入っている。

「いまの六郷は、夏の魚と秋の魚が共にいる」

すでに五十を回っているが、彦四郎の横顔は崩れていない。いまなお端整と言える顔立ちは人の気持ちに分け入っていくには邪魔となりがちなものだが、そうなっていないのは、彦四郎が己の容貌にまったく関心がないからだろう。

「間もなく殿様もお戻りになると存じます。みな、大の好物で、さぞお喜びになりましょう」

初めて、信明との縁組の話を知ったとき、彦四郎は即座に、あのお方は良い、と言った。なんで信明のことを知っているのかと思ったら、御当代様への初見に先立つ、予見《よけん》のための調べに当たったのが彦四郎だった。

両番家の嗣子の齢が頃合いになって初御目見を願い出ると、徒目付が身辺の調査をした上で、御公儀御留流《おとめりゅう》の手練《てだれ》と儒学者の二人が事前に接見する。たまたま、神尾の家から願いが出されたとき、担当に回った徒目付が彦四郎だったのである。民恵が信明との話を受け入れたのは、そういう縁もあった。

「昨日だが……」

民恵の言葉には応えずに、彦四郎は言った。

「信明殿は御城でのことをなにか言っておらなかったか」

目は俎《まないた》の上の石鰈に向けられている。包丁を握る手も動きつづけている。

「いえ」

民恵は目を石鰈から彦四郎の横顔に移した。

「いつも御城のことはなにもお話しになりません。昨日もそうでした」

「さようか」

「なにか、ございましたのでしょうか」

問いながら、民恵は、昨日に限って信明が自分には言わずに西湖吟社に立ち寄ったことを思い浮かべた。あるいは御城で、なにかあったのだろうか。

「信明殿とは直《じか》には関わりない」

彦四郎は石鰈を五枚に下ろし終える。

「しかし、まったく関わりないとも言えない」

「有り体《あてい》におっしゃってくださいませ」

「実は昨夜、西の丸書院番組の四番組で刃傷《にんじょう》があった」

「えっ」

民恵は信明からはむろん、噂にも聞いていない。

「同じ書院番組でも、信明殿は本丸だから事件の場にはおらない。しかし、当然、事の次第は知っているはずだ」

「どういうことでございましょう」

「くだらんことだ。実にもって、くだらん」

顔を曇らせながら、彦四郎は言った。

「四番組に、父君がそこそこに重い御役目を務められている番士がおってな。来月実施の運びとなっておる御当代様御出《ごしゅつ》の鷹狩に際して、栄《は》えある役を仰せ付けられた。それを不服とする他の番士たちが、親の威光を笠に着てと、よってたかっていびり抜いたのだ」

彦四郎は石鰈を大皿に盛って、鱸に取りかかる。

「御当代様をお護《まも》りする天下の書院番組とはいっても、この平時にあっては実際にやることはなにもない。ただ、城内虎間《とらのま》に控えて、刻《とき》が過ぎ去るのを待つだけと言えなくもない。おのずと、いったん人との仲がこじれると、いじめは陰湿なものになる。おまえに言って聞かせるのも憚《はばか》られるほどの非道が繰り返された」

民恵は、自分が昨日の事件というよりも、信明の御役目じたいをなにも知らないことを知った。それを誇ってきたわけではないが、両番組は世間の目の通りに、御旗本のなかの御旗本なのだろうとは思ってきた。そこで非道が行われるなど、想像すらできない。

「さすがに堪《た》えかねたのだろう。昨日、その番士がいじめを主謀した同僚三名を脇差《わきざし》で斬殺した」

「そのお方は……」

即座に、民恵は訊いた。

「どうなりましたでしょう」

「その場で自裁《じさい》した。介錯《かいしゃく》もなしに、辛かったであろう」

「まったく、存知ませんでした。まったく、なにも」

民恵と共にいるときの信明は顔を曇らせたこともなければ、溜息をついたこともない。祝言の前と変わることなく、民恵の風除けでありつづけてくれている。しかし、昨日もそういういつもの信明であるためには、家に戻る前に詩社に寄り、しばし、御役目からいちばん遠い話を交わす必要があったのかもしれない。

「まだ病み上がりのおまえの耳に入れることではないのだが、あえて話したのは、信明殿を支えられるのは、神尾家の用人でも母君でもなく、おまえだからだ」

「こんなわたくしがでございますか」

「ああ」

「お戯《たわむ》れにしか聞こえませぬ」

「儂《わし》が言ったのではない。信明殿が言ったのだ」

「殿様が……？」

「ああ、おまえを頼りにしていると言っておられた。寄りかかっておるとな」

「まさか」

「儂もそう言ったが、まことのことです、と真顔で言葉を返された」

彦四郎が両手を動かして、大皿の石鰈の隣りに鱸が添う。

「信明殿に親の威光はないが、頭抜《ずぬ》けた漢詩の才がある。御重役には漢詩を嗜む御歴々《おれきれき》が多いので、信明殿の覚えは殊《こと》の外《ほか》めでたい。つまりは、同僚の嫉妬を招きやすいということだ。信明殿は溝口派一刀流の遣い手でもあるゆえ、いまのところあからさまな動きは見えないが、こういうことはある日突然、頭をもたげる」

彦四郎は沙魚にかかる。皮一枚を残して頭を断ち、腹に包丁を入れて頭を捻《ひね》るときれいに腸《わた》が取れた。

「くだらなさも極まるが、それが現世《うつしよ》だ。くだらなくて当然。諸々《もろもろ》のくだらなさを捌いて前へ進まねばならん」

民恵も沙魚に手を伸ばす。なにかをしていないと落ち着かない。いつも父にまつわりついていた民恵は十歳を回った頃にはもう魚を下ろすことができた。信明が言ったように、民恵は有り合せの材料で、そこそこ旨い料理をつくることができる。

「そうはいっても、それは理屈だ。くだらんものは、ただただ、くだらん。堪《こら》えるのも限度があろう。かく言う儂には、とても勤まらんかもしれん」

そうしているあいだにも、沙魚の艶《つや》やかな身が、つぎつぎと並ぶ。

「だがな、幸いなことに、書院番が詰める日はけっして多くない。番の日がいかに堪え難《がた》くとも、他の日を笑って過ごせていれば、自裁せねばならなくなるところまで切羽《せっぱ》詰まることはないはずだ。信明殿がおまえを支えてくれているように、おまえが信明殿を支えてさしあげろ」

そう言うと彦四郎は腰を上げて新しい水を汲《く》み上げ、両手を洗った。

「わたくしは、どのようにすれば……」

「取り立てて、することはない」

「はっ？」

「また、できるものでもない。ただ、心に留めて、おまえらしくしておればよい。信明殿はな、おまえの詩は開いていると言っておられた」

「開いている……」

「戸が開け放たれていて、風通しのよい詩だとな。なおかつ、躰で、身の丈で物を考えるから、頭が走っていない。自分の詩がはたしてこれでよいのかと迷ったとき、いつもおまえの詩に立ち戻っているそうだ」

「まことでございますか」

「躰で物を考えるから、詩だけではなく、さっとつくる料理もすこぶる旨い、とも言われておったぞ」

「よく分かりませぬ」

民恵も沙魚の血を洗い流して言った。

「儂もようは分からん。では、これにてな」

「殿様にお会いになってゆかれないのですか。きっと、この造りを見て知ったらがっかりされます」

「いや、今宵《こよい》はこれから御用がある。また、寄らせてもらおう。よろしくお伝えしてくれ」

そう言って魚籠を拾い上げると、照れたような顔を浮かべてつづけた。

「躰を大事にな」

「父上」

そのとき、民恵はふと思った。自分は信明だけでなく、彦四郎の御勤めについても、なにも知らない。

「なんだ」

「もしかしたら、父上はわざと、勘定所の筆算吟味に落ちつづけたのではございませんか」

「馬鹿な」

ふっと息をついて、彦四郎は言った。

「儂にそんな器用な真似《まね》はできん」

その日の夕餉は、石鰈と鱸の造りと沙魚の天婦羅で話に花が咲いた。

父上の包丁は相変わらず見事ですな、と信明が言い、その上、御父上は美男でいらっしゃいます、と、少し酒が回った隆子が言った。隆子は相当にいける口である。

そうでしょうか。民恵が混ぜ返すと、そうですとも、ときっぱりと言い、もしも御父上が独り身であれば、わたくしが後添えに入りたいくらいです、とつづけた。

「今宵は、母上はいささか御酒《ごしゅ》が過ぎたのではありませぬか」

信明が笑い、なんの、なんの、そう申さば、もう沙魚釣りの季節に入ったのですね、と隆子が天婦羅を頬張って、信明、近々、三枚洲《さんまいず》辺りに舟を繰り出しましょう、と話が跳ぶ。

「三枚洲もよろしいですが、わたしはこの前、初めて相模の川崎へ行ったので、次は本牧辺りまで足を延ばしてみとうございます」

「よいですよ、本牧でも。島崎の御父上とご一緒なら、どこでもよろしい」

民恵は、そんなことが父の耳に入ったら、ますます図に乗ります、などと茶々を入れながら、ともあれ、たしかにここには笑いがあると思ったりしていた。

隆子が彦四郎を話題にするほどに、井戸端での話がよみがえって、夕餉のあとで少し話すことができればよいがと思ったのだが、佐渡奉行所に赴任する詩友へ贈る詩を仕上げねばならぬからと言って、信明は書斎に入った。

ま、今日の今日、話さなければならぬものでもなかろうし、出ぬなら出ぬでもよいからと、寝所《しんじょ》で新次郎を抱いて乳房を玩具《おもちゃ》にしていると、妙に熱心に、新次郎が乳首を吸う。

もしや、と思ってたしかめようとしたが、新次郎は唇を放さない。

そのうち目で認めずとも、自分と新次郎が乳で繋《つな》がっているたしかな感触があって、昼間、瀬紀が初めて我が子に乳を与えたときに、あ、こういうことなのかと感じた、と言っていたのは、こういうことなのかと、深く得心《とくしん》が行き、そのまま乳を与えつづけた。

すっかり満腹になって、新次郎が眠りに就いた頃に、殿様がお茶をご所望になっています、と芳が言いに来る。しばし新次郎を看《み》ててくれるように頼んで水屋《みずや》に行き、茶を点《た》てて書斎へ運ぶと、民恵の顔を見るなり、信明が、どうしました？　と問うた。

「はあ？」

「いや、なにか良いことでもあったように見えますが……」

そのとき咄嗟《とっさ》に、いえ、なにもございませぬ、と答えてしまったのはなぜなのだろう。

あるいは、その夜ひと晩くらいは、新次郎と自分だけの秘密にしておきたかったのかもしれないが、よくは分からない。

「捗《はかど》り具合はいかがでございますか」

なにやら背信を犯したような気になって、顔が赤くなっていないか気にしつつ、茶托を置く。

「九分どおり上がりました」

信明は茶碗を手にしてゆっくりと口に含んだ。

「あの、ひとことだけ申し上げておきたいことがあるのですが、よろしいでしょうか」

いきなり信明に、どうしました？　と問われて忘れかけてしまったが、廊下を歩んでいるあいだ中、そのことだけは言っておかねばと思いつづけていた。

「もちろん。なんでしょう」

「はい。あの、わたくしは悋気いたしました」

「悋気、ですか」

「はい、瀬紀様に悋気いたしました。まことに申し訳ございません」

「そうですか」

「きっとお叱りになってください」

「いや……」

信明はまた茶を含み、遠くを見やってから言った。

「人は悋気をするものです」

そして、ひとつ息をついてつづけた。

「そう言えば、明日《あす》は二十六夜待《にじゅうろくやま》ちでしたね」

「そうでございました！」

二十六夜待ちは藪入りから十日が経った七月二十六日、暁《あかつき》八つの頃に上がる月を遥《よう》拝《はい》する行事である。月の出とともに、竜神《りゅうじん》が神仏に捧《ささ》げる灯火である竜灯《りゅうとう》と、阿弥陀三《あみださん》尊《そん》の御姿が漆黒《しっこく》の空に現われるとされる。

「今年は、あるいは、二十六夜待ちは無理ではないかと案じていました。せっかくですから、明日は新次郎を芳に頼んで、品川辺りに繰り出しましょう。久々に、二人で詩を詠みませんか」

「是非！」

顔を綻《ほころ》ばせながら、民恵は、なんで、なにもございませぬ、などと嘘をついてしまったのだろうと、くよくよと思っている。

ひと夏

石出《いしで》道場でのいつもの稽古から戻って、高林啓吾《たかばやしけいご》が土間に入ると、兄嫁の理津《りつ》が小茄子《こなす》を漬けていた。

一昨年、米沢《よねざわ》の親類から種《たね》を分けてもらった窪田《くぼた》茄子で、その年は実をつけなかったが、去年、理津に代わって啓吾がこまめに世話をするようになってから、ぷっくらと丸い実をたわわに結ぶようになった。

理津は申し分のない兄嫁だが、唯一の難点は食い物に大雑把《おおざっぱ》なところだと、啓吾は思っている。畑の手入れもそうだが、漬け物にしても、明礬《みょうばん》の塩梅《あんばい》と塩揉《しおも》みがいい加減で、そのつど味が変わる。

さて、今日はどうだろうと、それとなく桶に目を移すと、理津が手を止めて、旦那様が仏間でお待ちですよ、と告げた。

頭のなかから旨《うま》い小茄子の浅漬けが消えて、はて、なんだろうと、啓吾は思う。なんで今日に限っていつもの居間ではないのか。これまで、兄と仏間で面と向かって話を交《か》わした記憶はない。

「ただいま戻りました」

それでも、啓吾はただちに仏間に向かった。二十二にもなって、まだ当主である兄の厄介になっている。四の五の言える立場ではない。

「おお、戻ったか」

兄は仏壇を前にして正座していた。

「いま、父上、母上にお知らせ申し上げていたところだ」

兄の雅之《まさゆき》は今年二十八になるが、父が風病《ふうびょう》で逝《い》った十七のときから家禄二百五十石の高林の家を背負ってきたせいか、年齢よりもずっと落ち着いて見える。

「本日、御中老の三枝《さえぐさ》様から御用召状《ごようめしじょう》を頂戴してな」

啓吾に向き直ると、両手で捧《ささ》げ持った書状に軽く頭を下げてから言った。

「御召出《おめしだし》だ」

「はっ？」

一瞬、雅之の言っていることが分からなかった。誰が御召出になるのか……。

「どなたの、でございましょう」

「おまえの、だ」

啓吾の目を真っ直ぐに見て、雅之はつづける。

「俺へのこの御用召状に、このたび高林雅之の弟啓吾へ、新規御召出が仰せ付けられる。ついては、当人を明朝五つ半刻《どき》に御城に差し出すようにと、しっかりと記《しる》されている」

「まこと……でございますか」

「己《おのれ》の目でたしかめてみい。幾度、繰り返し見ても、消えはせなんだ」

雅之は笑《え》みを浮かべながら、御用召状を渡す。両手で受け取って墨字を追えば、雅之が口にした文面と一字一句変わらない。

「信じられません」

「実は、俺もだ」

雅之はふっと息をつく。

「素直に喜んで、大いに祝《しゅく》したいのだがな」

唇の端《はし》を締めてから、言葉を継いだ。

「なかなか、そうもゆかんのは、おまえも知ってのとおりだ」

近年、柳原《やなはら》藩の窮乏は著しい。藩のなかでは高禄の部類に入る高林の家では、半知《はんち》を軽々と越えて百石まで禄を削られている。その細った内証で、ずいぶんと減らしたものの、それでも用人と若党、下男、下女《げじょ》の四人を雇っている。おまけに大きな厄介も一人いる。

「これまでの慣行どおりであれば、部屋住みの者が新規御召出に与《あずか》ると、ほぼ決まって別家《べっけ》を立てることも許される。おまえもようやく部屋住みから解き放たれて、一家を構えられるということだ。しかし、せっかくの慶事《けいじ》に水を差すようだがな。いまのわが藩に、そのような余裕はないはずなのだ」

今度はふーっと大きく息をしてから、雅之はつづけた。

「大喜びしたい一方で、なにかあるのではと勘ぐりたくもなる。そういう目で見るせいか、この明朝五つ半刻という御召出の刻限も気に喰わん」

雅之は顔を曇らせるが、啓吾の胸の内は温《ぬく》もる。もしも、兄が一刻も早く自分を厄介払いして楽になりたいと思っていれば、そんな細かいところにまでいちいち目を留めて、気を病《や》みはしない。

「めでたい登用ならば、御召出は朝五つと決まっておるのだ」

「そうなのですか」

啓吾には初耳だった。細かいところ、ではないのかもしれない。

「ああ。逆に、降格であれば、朝四つになる。それが、なんと、そのあいだの朝五つ半ときた。穿《うが》って読めば、なにかあるものと覚悟して登城せよ、と言っているように思えなくもない」

「なにかあるとしたら……」

啓吾は問う。

「それは、なんなのでしょう」

「うん」

雅之はしかめ面《つら》をして腕を組んだ。

「俺もずっと番方《ばんかた》で、役方《やくかた》のほうの内情は、正直、よくは分からんのだがな……」

雅之もまた石出道場の目録であり、大番組で初出仕をして、いまは御藩主に近侍《きんじ》してお護《まも》りする御馬廻《おうままわ》りに取り立てられている。武官一筋で、文官を務めたことは一度もない。

「耳にしたところでは、誰が赴任しても二年と持たぬという御勤めが、役方にあるようだ」

「それはまたどのような」

「御役目じたいは地方御用《じかたごよう》と洩れ聞く。しごく当り前の、領地の管理ということだ。ただし、すこぶる難儀な土地柄で、あらかたの者が気を患《わずら》うらしい」

「その役方の御役目を、わたくしに」

「あるいは、ただの取り越し苦労かもしれんがな。しかし、近年、御重役方からの下知《げち》には緩《ゆる》みが際立つ。国の内証が厳しくなるほどに、泥棒を捕えて縄を綯《な》う類《たぐい》の御達しがむやみに目につくようになった」

雅之は両腕を解いて、つづけた。

「御城の蔵に、専売の紙が溢れかえっているのを知っておるか」

「いえ」

「近年、江戸では、錦絵《にしきえ》なる刷り物が流行《はや》っておるようでな」

「にしきえ……」

「何色もの彩色《さいしき》が施してあって、それは華《はな》やかで、人気らしい」

きっと、いかにも江戸らしい刷り物なのだろうと、啓吾は思った。部屋住みにとって、江戸はあまりに遠い。遠いほどに、啓吾の江戸は華やかさを増す。

「何色も使うということは、その色の数だけ板を重ねるということだ。それゆえ、弱い紙では持たん。で、興産のために、なんとかがんばって、刷りに強い紙をつくったまではよいが、江戸の絵草紙屋への販路をまったく考えておらなかったゆえ、あのような始末に至っておる」

雅之は生粋《きっすい》の番方だが、武張《ぶば》ってばかりはいない。十七から当主を張ってきた来《こ》し方《かた》が、周到な目配りの力を育てた。

「あの紙と同じでな。最初はなにか深謀《しんぼう》がおありになるものと思うのだが、後になってみれば、なにもお考えがなかったことに気づく。どんな下知があってもおかしくはないということだ」

そこまで言うと、雅之は努めて顔を緩めた。

「しかし、ま、今回ばかりはさすがに取り越し苦労であろう。代々、番方を務めてきた高林の家の者で、石出道場奥山念流《おくやまねんりゅう》目録のおまえの初出仕に、そのような役を当てがうとは思えん」

そう言うと、雅之は理津を呼んで、啓吾が明朝着ていく麻裃《あさがみしも》やら御登城のための大小やらについて、あれこれと指図《さしず》をし始めた。

「このたび、そのほうへ大番組二番組御勤めを仰せ付けられ、知行《ちぎょう》百石、下しおかるる、以上」

翌朝五つ半、啓吾が生まれて初めて柳原城本丸に登城すると、中老の三枝善右衛門《ぜんえもん》が威儀を正して申し渡した。

思わず啓吾は安堵した。

兄と同じ番方である。これで、部屋住みのあらかたの時間を送らせてもらってきた石出道場での稽古が生かせるというものだし、兄嫁の両肩にずっしりとのしかかっている活計《たつき》の重みもずいぶんと軽くできるだろう。

一刻も早く、やはり兄上の取り越し苦労でした、と報告したいものだと思う啓吾に、善右衛門はつづけた。

「あとの仔細《しさい》は、ここにおる組頭《くみがしら》の半原嘉平《はんばらかへい》から指示を受けるように」

隣りに控えていた嘉平が目礼《もくれい》をよこして、啓吾ははやる気持ちを抑える。嘉平はしばしば古狸《ふるだぬき》と呼ばれていると聞いた。

「ではな。忠勤《ちゅうきん》、励め」

善右衛門がすたすたとその場を立ち去って、啓吾と嘉平は平伏《へいふく》して、背中を見送る。再び顔を上げて目が合うと、嘉平は懐《ふところ》から紙を取り出して大きく洟《はな》をかみ、明らかに夏風邪と分かる声で言った。

「まずは、新規御召出、あらためてお祝い申し上げる」

「かたじけのうございます」

型どおり礼を述べながらも、ふと啓吾は、その紙も、兄が言った錦絵用の紙なのだろうかと思う。だとすればこれほどの贅沢はない。

「この十年ほど部屋住みが新規御召出になった例《ためし》はない。まっことに、めでたい限りである。いや、実にもってめでたい」

嘉平の齢《とし》の頃は六十も近そうで、大儀《たいぎ》そうな躰《からだ》の動きは夏風邪のせいだけとは思えず、古狸という評判がしっくりとする。その古狸の口から、めでたい、が繰り返されるほどに、一度は消えた不安がまたぶりかえした。

「それだけにまた……いろいろと承知しておいてもらわねばならぬこともなくはない」

やはりな、と啓吾は思う。こういう不安は必ず当たる。

「まずは家禄だ。部屋住みの新規御召出とはいえ、由緒ある高林の家の者ゆえ百石を下しおかるるが、そちもわが藩がどういう状況にあるかは存知おろうな」

「もとより」

「ならば話は早い。そちの禄は紛《まぎ》れもなく百石であるが、いずれ別家を立てるまでは高林雅之と合わせて一つの内証であるからして、当面は七分借り上げとし、三十石とする」

思わず兄嫁の理津の顔が浮かぶ。このご時世に禄高どおりを望むはずもないが、元高百石で七分借り上げの心づもりはさすがにできていなかった。

「次に役向きである。先刻、御中老の三枝様が申し渡されたとおり、そちの所属は大番組二番組である。しかし、これも当面は出役《しゅつやく》を果たしてもらうこととし、杉坂村《すぎさかむら》支配所御勤めを命じる」

「は？」

気落ちしていたせいもあって、すぐには意味がつかめない。

杉坂村、とはどこか。支配所とは何なのか。

もしかすると、これが兄の言った、誰もが二年と持たぬ役方の御勤めなのか……。

「杉坂村は知っておるか」

おもむろに、嘉平は言う。

「いえ、初めて聞く村名でございます」

早く話を進めてくれ、と啓吾は思った。

「この国の西の境に、わずかに幕府御領地と接している土地がある」

その土地のことは耳に入っていた。なんでも、関わりのある者以外は立ち入ることができぬらしい。

「境を接しているのは、たかだか二十間《けん》ばかりなのだが、むろん、そこから御領地は広がっていて、全体では六万石を超える。御領地としてはけっして広いほうではないが、それでも、わが国の四万石よりはずっと大きい」

「は」

「その六万石の真ん中に、離島のように、わが国の飛び領がある。それが杉坂村だ」

啓吾の胸に、黒雲《くろくも》が湧き出す。

「戸数はおよそ五十戸。一戸当たりの持ち高は七石ほどで、これはわが国の均《なら》しよりも多い。それなりに豊かな土地なのだ。とはいえ、すべて合わせても三百五十石ゆえ、本来ならば誰ぞの知行地として預ければよいのだが、なにせ離れ小島であるからして繁《しげ》く行き来することもままならない。やむをえず国の直轄として支配所を置き、人を一人つけておる」

そこまで聴けば、これが兄の口にした地方御用であることは、まず、まちがいなかった。

「つけてはおるのだが、杉坂村を治めるのはけっしてたやすくはない。やはり遠く隔《へだ》たっておるゆえ、村人どもの胸の奥底には、国がきちんと目を注いでくれておらないという憤懣《ふんまん》があるようでな。有り体《あてい》に申さば、拗《す》ねておるといったところか。なかなか、国の意向があまねく行き渡るというようにはゆきづらい。誰にも務まる御役目ではないのだ」

ともあれ、こうなったからには最後まで聴くしかない。

「そこで今回、お主に行ってもらうことにした。わずか三百五十石の小村とはいえ、わが国伝来のかけがえのない領地である。大小に関わりなく、領地は死守せねばならない。

三百五十石を守るのも、四万石を守るのも、大本においてなんら変わるところはないということだ。そのことを強く心して、御勤めに当たってもらいたい」

嘉平はいよいよ、古狸らしくなる。

「言ってみれば、これはお主の吟味のようなものだ。これを首尾よくこなせば、どんな役でもこなせる。しっかりと御勤めをまっとうすれば、名門譜代である高林の家にふさわしい席が待っていよう」

いかにも取って付けたような言い分で、努めて聴こうとする気持ちが失《う》せてゆく。

「ひとつ、伺いたいことがございます」

言われるままに辞するのも腹が膨れる気がして、啓吾は直截に切り出すことにした。

「なんだ」

「そのお役目、どなたが務めても二年と持たぬと洩れ聞きまするが」

「それか……」

嘉平はこともなげに言った。

「実は、これまで支配所勤めに当てていたのは御徒士《おかち》でな」

痛い処《ところ》を突かれた風は微塵《みじん》もない。

「ま、この種の在地御用は御徒士と決まっておったのだが、村の者どもも、御徒士が殿への御目見《おめみえ》を許されない身分であることくらいはみな承知しておってな。本物の武家ではないと軽んずるのだ。はなから馬鹿にして、口もきこうとせん」

ひとつ咳払いをしてから、嘉平はつづけた。

「人はけっして馬鹿にされてはならない相手から馬鹿にされると、とたんにうろたえる。毒蛇が餓死する話を知っておるか」

話が跳びすぎると、啓吾は思う。なんで、御用の話に蛇が出てこなければならんのか。

「通常、毒蛇が鼠を噛めば、たちどころに息絶える。ところが、なにごとにも程《ほど》というものがあってな、噛み過ぎれば、毒液とて切れる。そういうときに噛むと、当然、鼠は死なない。驚いた毒蛇はそれっきり鼠を噛まなくなる。毒液がたっぷりと溜まっても、鼠が恐ろしくて二度と襲うことができぬ。で、餓死する」

嘘のような真《まこと》の話か。真のような嘘か。

「その毒蛇のようなものかもしれぬ。こちらは二本差しているのに、百姓が敬服しないどころか、道で行き交《か》っても挨拶もせん。で、うろたえる。なんとか挽回《ばんかい》しようとして、墓穴を掘ると、さらにうろたえる。それが積み重なると、やがて百姓が恐ろしく見えてくる。しだいに閉じこもるようになって、終《しま》いには気を患う」

聞けば、大いに、ありうる。

「だから、このたびはお主なのだ。お主は御目見以上の平士《ひらし》の家の者であり、しかも、譜代中の譜代である高林家の人間である。また、歴代の番方の血筋であり、石出道場の目録でもある。お主ならば、百姓どもも、一目も二目《もく》も置く。高林啓吾が支配所に詰めれば、長い年月のあいだに硬くなった村人たちの胸底《むなそこ》もずいぶんと和《やわ》らぐであろう」

しかし……と啓吾は思った。その理屈で言えば、より強い毒蛇であるはずの平士が百姓に馬鹿にされれば、御徒士よりもさらに激しくうろたえることになるのではないか。

「加えてもうひとつ、杉坂村の村人たちに、国としての誠をはっきりと示すため、支配所に手習い塾を併設することにした。国が直々《じきじき》に、百姓の倅《せがれ》どもの面倒まで見るということだ。すでに、村中に塾を開く触れを出しておる」

ここまで話が進めば、百姓の倅の面倒を見るのが誰なのか、聞くまでもない。

「師匠はむろん、お主だ。読み書きは、抜かりないな」

「子供相手であれば」

いまさら、それはできぬと言っても詮《せん》ないだろう。

「そうか。いまだに番方のなかには読み書きできぬ者もおるでな。一応、念、押した。では、万事よろしく頼む」

切り上げようとする嘉平に、啓吾は言った。

「いま、ひとつ伺いたいことが」

「言ってみい」

「御領地と杉坂村とを、交換することはできなかったのでございましょうか。つまり、杉坂村と、わが国と境を接する御領地で、杉坂村の石高に相当する土地とを組み替えることができれば、村は飛び領ではなくなって、すべての問題は元から片がつくように思われますが」

「理屈では、たしかにそうなるが……」

嘉平は、もう幾度となく、その返答を繰り返してきたようだった。

「それは無理だ」

「なにゆえでございましょう」

「そうさな……」

嘉平はまた、懐から紙を取り出す。

「そちも向こうに行ってみれば、おいおい分かる。前任の伊能征次郎《いのうせいじろう》は御徒士ではあるが、なかなかに心得た者でな。二年と持たぬ支配所御勤めを五年つづけた猛者《もさ》でもある。話を聴けば、いろいろと、気づくことも多かろう」

そして大きく洟をかんだ。


赴任してみれば、幕府御領地と杉坂村を交換できない理由は、おいおい、ではなく、すぐに分かった。

「さすがに、番方の名家に連なるお方の言葉と申しますか……」

三日後の夕、杉坂村の支配所へ着いて前任者の伊能征次郎と引き継ぎを始めたとき、嘉平にしたのと同じ問いを向けると、征次郎はからからと笑って言った。

「実に素朴な問いかけですな」

言葉はきついが、なぜか腹は立たない。

「いや、揶揄《やゆ》しているのではござらん。分からぬのに分かった顔をされるよりよほどよい。いや、けっこう、けっこう。平士にも、いろいろな方がおられるものですな」

征次郎はそう言って席を立つと水屋《みずや》に行き、一升徳利と茶碗を二つ手にして戻ってきた。

「そろそろ暮れるし、よいでしょう」

なみなみと注《つ》いで、ひと息で飲み干す。あまりに気持ちのよい飲みっぷりに思わず釣られて茶碗を傾けると、中身は城下でも飲んだことのないとびきりの上酒で、支配所の破《や》れた佇《たたず》まいとはいかにもそぐわなかった。

初めて見る支配所は、世間との関わりを断った隠者の住処《すみか》のようだった。造りこそ三間《けん》半と六間の五間《ま》取りとそこそこだったが、手入れとは無縁に時を経てきたらしく、板壁は長年の風雨に木の色を剝《は》ぎ取られて灰色と化しており、処々《ところどころ》で破《やぶ》れてもいる。おまけに、村人をいたずらに刺激しないよう、集落から離れた谷間《たにあい》にひっそりと建っている。

その遠からず土に還《かえ》りそうな支配所でも、上酒は遠慮なく豊かに香った。

「酔わんうちに、いまの御不審にお答えしておきますと、そのようなことをすれば、この杉坂村の一同は狂喜乱舞するでしょうが、逆に、御領地からわが国に組み入れられるほうの村は、まず、まちがいなく一揆になりましょう」

征次郎は四十近くに見えたが、聞いてみればまだ三十を越えたばかりだった。快活に映るが、そこに至るまでの路《みち》のりはけっして平坦ではなかったことが偲《しの》ばれる。

「まずは、年貢です。御領地と柳原藩とでは、百姓にかかる年貢の重みがまったくちがいます」

啓吾は上酒の香りを忘れて聴き入った。

「田畑からの収穫は四公六民、四分を国に収めて六分を民に残すのが基本ですが、実態としては、御領地では三公七民、あるいはさらに民にとって緩い場合も珍しくありません。これに対し、窮乏著しいわが国では五公五民が半《なか》ば常態となっており、殿の江戸の御役目しだいでは限りなく六公四民に近づくことすらあります。御領地からわが国に移りたいと思う百姓がどこにおりましょうか」

ここ二年ほど、柳原城主の長坂能登守政綱《ながさかのとのかみまさつな》は江戸城で奏者番を務めていた。老中や若年寄ほどではないにしても、柳原藩としては大きな物入りであり、その負担は結局、民百姓に回される。

「それだけではありませぬ。六万石の御領地を預かる代官陣屋に詰める人数は、わずかに三十名ほどでございます。四万石のわが国にどれほどの藩士がおるかを知る百姓は少なかろうとは存じますが、それでも五百や六百ではきかぬことくらいは感じ取っておりましょう。繁く陣屋と接していれば、誰の目にも柳原藩が無駄飯喰いを数多く抱えていると映りまする」

征次郎は二杯目を飲み干すが、目にはまったく緩みが出ない。

「そして止《とど》めですが、御領地に生きる農民には、自分たちは〝御領の百姓〟であるという大きな自負があります」

「〝御領の百姓〟?」

「将軍様の土地を耕す自分たちは、将軍様に直接お仕《つか》えする百姓であるということです。そういう〝御領の百姓〟である彼らにとって、我々藩士は陪臣《ばいしん》にすぎません。自分たちが将軍様の家来であるのに対し、我々は将軍様の家来の家来なのです。つまり、柳原藩の藩士などより、自分たちのほうが格上であるということです」

「ほお」

たしかに、理屈は通る。

「そういう〝御領の百姓〟たちに囲まれた杉坂村の百姓の憤懣はとどめようがありません。同じ地域で同じように田畑を耕しているのに、片方は活計も豊かで、暮らしの縛りも緩く、その上、〝御領の百姓〟という誇りをもつことができる。これに対し自分たちは貧乏小藩の百姓に貶《おとし》められ、陪臣ふぜいを侍扱いしなければならない。できれば一刻も早く、自分たちも〝御領の百姓〟になりたいのです」

ならば……と啓吾は思った。組頭の嘉平が言ったことは、まったく的を外れている。あるいは、あえて外している。村人は、支配所に詰める者が御徒士から平士に替わっても、けっして、ありがたがったりなどしない。おそらくは区別さえつかない。彼らは柳原藩に目を向けてほしいのではなく、一刻も早く見限ってほしいのである。

「ですから、この村の百姓どもはあからさまに我々を見下します。そうしても我々がなにもできないことを見透《みす》かしているのです。実際、無礼に耐えかねて手にかけたりすれば、すぐに村中から反撃の火の手が上がる。周りはすべて御領地ですから、この小さな村のことなど筒抜けで、不穏な空気はすぐさま江戸表《えどおもて》へ伝わります。それゆえ我々は、なにがあろうとも絶対に手出しをしてはなりません」

啓吾はふーと息をついた。杉坂村は想っていたよりも遥かに、厄介な土地らしい。

「彼らは一揆を起こす口実を待ってさえいる。一揆を起こして争乱に持ち込めば、それを機に御領地へ組み替えになるかもしれぬと期待しておるのです。つまりは、やりたい放題であるということです」

谷間を埋める叢《くさむら》から届く夏虫の音《ね》がひときわ強く響いた。

「それゆえ支配所とはいっても……」

二人が座しているのは、本来ならば公事《くじ》の裁きをするはずの部屋である。が、そこで裁きが行われていないのは、もはや明らかだった。柳原藩は村を、支配などしていない。

「することはなにもありません。検地《けみ》もいちおう国がやることになっておりますが、実際は名主以下の村役人が一切を取り仕切って、国は事後報告を受けるだけです。我々の最も重要な仕事は、とにかくここに居つづけることなのです。我々が居さえすれば、ともあれ、この村は柳原藩の領地です」

居なくなったとたんに、離れ小島は御領地の海に呑み込まれる……。

「あとは、強《し》いて言えば、挑発に乗らぬことです。以前はぎりぎりまで道を譲《ゆず》らぬとか、譲っても、わざと我々よりも高い土手上《どてうえ》に控えるといった嫌がらせもありましたが、近年は飽きてきたのか、ひたすら無視に出るので、それじたいはさほど難しくはないのですが、ただ……」

「ただ……」

「女には気をつけてください。とりわけ用心しなければならないのが、タネという十八になる娘です。近頃では、多肥《たひ》を施す農作がどこでも当り前になって、この村でも一軒、喜介《きすけ》と申す者が干鰯《ほしか》屋をやっております。そこの娘なのですが、まあ、村随一の分限者《ぶげんしゃ》の家に育っただけあって、わがままいっぱいで、こいつがその気もないのに誘いを仕掛けてきます。うっかり乗れば、またひと悶着です。あばずれですが、姿形《すがたかたち》はそこそこですので、気持ちの収まり具合によっては魔が差すこともあるかもしれません。そういうときは、頭のなかに〝一揆〟の文字を書いてください。こやつの退屈しのぎにつきあったら、〝一揆〟になると」

「はあ」

他意のない退屈しのぎなのか、それとも質《たち》のわるい悪戯《いたずら》なのか……。

「他になにか、お知りになりたいことはありますか」

「ひとつだけ」

「なんなりと」

「この支配所に勤められた方々のあらかたは二年と持たずに気を患うと聞きました」

「ああ……」

「ところが、伊能殿はもう五年こちらに詰めておられるとか。なにゆえ、伊能殿だけが持ち堪《こた》えることができたのでしょうか」

征次郎はすぐには答えず、啓吾の茶碗にゆっくりと酒を注いでから言った。

「この酒の味はいかがでござろう」

その言葉の真意が分からぬまま啓吾は、旨い、と答えた。

「こんな旨い酒は、国元でも飲んだことがありません」

「灘の下り酒です」

征次郎は言った。

「むろん、御徒士の扶持《ふち》ではこんな上酒は買えませぬ。支配所御勤めの役料もあってなきがごときです。では、どうやってこの上酒を求めたかといえば、寺銭《てらせん》です」

「てらせん？」

「さよう。それがしはこの公事部屋を賭場《とば》に使っておりました」

一瞬、夏虫の声が途切れたような気がした。

「とば、とは博打場《ばくちば》のことですか」

「さようです」

「しかし、それは……」

虫がまた一斉に鳴き出す。

「御定法《ごじょうほう》に背《そむ》いてはおりませんか」

若輩の啓吾でも、博打に手を染めたために召し放ちになった藩士を知っている。博打は武家から禄を奪う大罪である。

「背いております」

征次郎は悪びれずに言った。

「ここを賭場にして、それがしが胴元に収まったのは赴任して一年余りが経った頃でございます。この村では話を交わす相手が一人としておらず、日々、無言のまま軽んじられつづけるのですが、参ってひと月ほどまではそれがどれほどのことかとタカをくくっておりました。それがしも城下におった頃は偏屈者《へんくつもの》で通っていて、何日も人と話さぬことは珍しくなく、人と話さずに済むのはむしろ好都合くらいに思っておったのです」

話はすんなりと入ってくる。征次郎は明らかに、誰彼なく、打ち解ける手合いではない。

「しかし、高林様。話さぬのと、話せぬのとでは、天と地ほどにちがうのです。人のなかにいて人と話す機会を奪われ、己を己とたしかめる場処を失うと、とたんに己を編む糸がぷつんぷつんと切れてゆきます。一年も経てば、もうその音が躰中に響き渡って、気を患った自分が目に見えるようでした」

征次郎が背にしている、開け放たれた引き戸のあいだには、無辺《むへん》の闇が広がっている。

独りで居ると、やがて己が解《ほど》けて、ぱらぱらと散ってしまいそうなほどに漆黒《しっこく》は深い。

「ある日、それがしは村人の一人に声をかけました。博打好きが顔に洩れ出ている者です。それがしも城下におった頃、博打取締りの加勢を務めていた時期があって、博打をせずにはいられない者の顔相《がんそう》を見分けることができました。以前より幾人かに目をつけておいて、そやつらが一人ずつになったときを見計《みはか》らって声をかけていったのです」

なんで、博打好きなのか……啓吾は想う。

「人を集めて、話ができる場が得られれば俳諧でもなんでもかまわなかったのですが、この村で、それがしと村人を分かつ壁を越えさせるのは博打くらいのものです。博打に嵌《は》まれば、一切の見境《みさかい》がなくなる。村掟《むらおきて》さえ見えなくなります。案の定、彼らは人目を忍んでやってきて、この公事部屋は賭場と化しました。賭ける銭はわずかで、まさに手《て》慰《なぐさ》みでしたが、賭場であることにまちがいはなく、それがしは賭場の胴元という居場処《いばしょ》を得たのです」

啓吾は、先刻注がれた酒を一気に飲み干してから言った。

「いま、賭場は？」

「むろん、閉めました。それがしには賭場が居場処でしたが、高林様には高林様の居場処がございましょう。出入りしていた村人どもには、こんど来られる支配役は御定法をけっして外さぬ怖い御方で、しかも城下に並ぶ者のない剣の達人であると叩き込んでいます。二度とここに足を向けることはないはずです。また、この件につきましては……」

征次郎はまた酒を注ぐ。

「国元に戻りしだい、直ちに物頭《ものがしら》に自訴いたす所存でおります。ご懸念なきよう」

「それは、困ります」

啓吾は即座に言った。

「わたくしは賭場の寺銭で購《あがな》った灘の上酒をもう四杯も飲んでしまいました」

月が雲間から顔を出したのか、征次郎の両肩の向こうで、蒲《がま》の穂がざうざうと揺れた。

「伊能殿が罪を得れば、わたくしも賂《まいない》を受け取った廉《かど》で責めを受けることになるでしょう。ひいては高林の家にも累《るい》が及びます。伊能殿にはなんとしても、自訴を思いとどまっていただかなければなりません」

征次郎は唇を結んで、深く頭《こうべ》を垂《た》れた。


その二日後、引き継ぎをすべて終えて、城下に戻る征次郎を見送った日の夜、夜具に入った啓吾は、行灯《あんどん》のほの暗い光に揺れる天井板の節に目を預けながら、前任が征次郎であった幸運を想った。

城下におった頃は偏屈者で通っていた、と言っていたが、その風評はおそらく、征次郎と周りの者たちとの、考えの深さの差が生んだものだろう。

征次郎は、周りの者たちが見過ごすことを見て、考えようとせぬことを考える。おのずと話は行きちがう。征次郎が偏屈者で通っていたということは即ち、城下では考えぬ者がはびこっていたということではあるまいか。

この離れ小島で征次郎だけが五年持ち堪えたのも、詰まるところ、伊能が異端だったからだろう。

考えぬ者は己の変調に気づきつつも、なぜかを探ろうとせず、来もしない城下からの救いをひたすら待ちつづけて、あげく、気を患う。ひるがえって征次郎は、すぐに気の患いの大本に行き着き、幻でしかない救援にすがることなく己で己を救った。

御定法に背いて賭場を開いたことは、むしろ、征次郎の非凡さを示している。いったん事あるとき、御定法に囚《とら》われていては、最上の策など生み出しようもない。御定法はそもそも、なにごともなく運んでいる平時を統《す》べる規範である。

初めて役に就《つ》いた啓吾ではあるが、人となりというものは否応《いやおう》なく剣にも出る。剣を合わせる際、相手から察知すべきは技倆《りょりょく》や膂力だけではない。観察眼、決断力、性情……すべてを含めて剣である。いかに秀でた太刀筋を見せても、堪《こら》え性《しょう》が伴わなければ、きらめきは一瞬だ。

その剣の目を通して、上司に持つにせよ、同役として共に励むにせよ、配下に使うにせよ、真に頼りになるのは征次郎のような男であろうと啓吾は思った。

実際、征次郎は明日からこの村で啓吾が日々どう振る舞えばよいかを見事に示してもくれた。

なにもしない。

挑発に乗らない。

ただ、居つづける。

声には出さずに、その三つの言葉を繰り返してから、啓吾は征次郎の言うとおりにしようと思った。

どう熟慮しても、支配役としてできることなどない。せいぜい、子供たちの手習いに、力を貸すことにしよう。そんなふうに想いを巡らせていると、ふと五日前の、高林の家での最後の夜が思い出された。

ささやかな旅立ちの宴の席で、兄は、それにしても、やはり、あの役目であったとは、という台詞《せりふ》を繰り返した。しかし、そのうち、なにかにふっと気づいたような表情を浮かべて、しかし、啓吾ならば務まるかもしれんなと、顔を向け直して言った。

「お前は己を頼むところが淡い。自負も薄い。そして、人に望むところも少ない。並の者であればたんと溜め込む憤懣や屈託を、啓吾ならば腹に入れずに済ますことができるかもしれん」

そうであってくれればよいな、と啓吾は思った。

ただ居つづけることがどれほどに過酷なことかは、伊能が賭場を開いた一事からも分かる。自分ならば、苦もなく、なにもせずにいることができるなどとは、とうてい言えなかった。

たとえば、明朝、一人として子供の姿の見えない手習い塾を目にしたとしたら、自分はいったい何を想うのだろう。明日になっても村役人が挨拶に姿を見せなかったとしたら、平静を保つことができるのか……。

ともあれ、もう眠らなければ、と啓吾は行灯の火を消した。はたして眠りにつくことができるのかと案じたが、あらためて夜具に横になるとすぐに瞼《まぶた》が重くなり、なにかを気に病む間もなく眠りに落ちた。

翌朝は明け六つに起きて顔を洗い、飯を炊いて、汁をつくった。

下女もいないので、すべて自分でせねばならない。征次郎が、米だけは国がそこそこに用意してくれていると言っていたが、米びつを開けてみるとポンポチ米と呼ばれる古米で、赤黄色ぎみに色が変わっており、炊き上げて口に入れてみてもそのような味がした。賭場から上がるわずかな寺銭は、すべて灘の上酒に注ぎ込まれたようだった。

そそくさと飯と汁を腹に送ると、木刀を握って表へ出る。稽古相手もいなくなるので、一日千本の素振りを自らに課した。あるいは、そうしていれば村人の姿を見かけることもあるかもしれぬと思ったが、谷間にある支配所からでは見通しはまったくきかず、啓吾はただただ木刀を振りつづけた。

六つ半過ぎに千本目の素振りが終わり、井戸の水を汲《く》んで手拭《てぬぐ》いを硬く絞り、汗を落とす。手習い塾は朝五つの開始と触れた、と聞いていたので、躰を拭《ふ》き終えると、あの公事用の部屋にあらためて雑巾をかけ、机を並べた。

並べながら、はたして何人の子供たちが足を運んでくるのかと啓吾は想う。一人か、二人か、あるいは一人として来ないか……。いやはや、と思いつつ、並べ終えて腰を伸ばすと、支配所に通じる坂道のあたりでがやがやと音がした。

思わず下駄をつっかけて庭に降りると、五、六人の子供たちが立っていて、子狸《こだぬき》のような目を向けてくる。手習いに来たのか、と声をかけると、黙ってこっくりをした。

その後も三人、四人と連れ立ってやってきて、いつの間にか二十人分の見当で用意した机は塞《ふさ》がっていた。初めは半信半疑だったが、どう見ても公事部屋を埋め尽くしているのは子狸ではなく人間の子供で、案ずるよりは産むが易《やす》し、ということか、とつぶやきつつ、啓吾は教壇を前にして座した。

「よう柳原藩の手習い塾へ来てくれた」

子供たちを見渡して、口を開く。

「これよりまずは、いろは四十八文字より始める。四十八文字を終えた者は国尽《くにづ》くしに入るが、その前に、みなの名前を教えてくれ」

「先生！」

一番前に座った男の子が声を上げた。

「おお、名は何という？」

「おらは新吉《しんきち》だけんども……」

「医者の息子なんだよ。村に一軒の」

隣りの子供が口を挟む。

「目医者だけど、なんでも診《み》るんだ」

今度は後ろの子供が言った。

「おらは新吉だけんども……」

村に一軒の目医者の息子の新吉が、また繰り返す。

「ああ、それは分かった」

「先生、やなはらはん、って何だ？」

「なに？」

「だから、やなはらはん、てのは何だ？」

「柳原藩はお前たちの国ではないか。ここが柳原藩だ」

「先生、それはちがうぞ」

一斉に、子供たちが声を張り上げた。

「ここは杉坂村だ。やなはらはん、なんかじゃねえ」

そして、つづけた。

「やなはらはん、なんて聞いたこともねえ」

一瞬の後、二十人もの子供たちが初日からやってきた理由が、くっきりと輪郭を結んだ。

この子らの親は、手習い塾が柳原藩のものであることを、まったく気にもかけていないのだ。それほどに、柳原藩の在り様《あよう》は軽いということだ。

この寛政の世ともなれば、町家のみならず村々においても、子供に手習いをさせようとする意欲は強い。公文書の類に使われる御家流《おいえりゅう》の書を、謝礼を気にせず習わせることができるのなら、柳原藩の手習い塾であろうと、一向にかまわないということだったのだろう。どうせ柳原藩など、霞《かすみ》のようなものでさえないのだから。

来ずに無視するのではなく、来させて無視する。まったくあっぱれな軽んじようだと、啓吾は思った。

子供たちを帰してから集落へ向かってみると、それはさらにはっきりした。

集落を歩く啓吾はまるで躰を失ったようだった。すれちがうどの村人も啓吾に目を向けようとしない。啓吾など、いないかのように。

やはり、そういうことかと思いつつ、啓吾はゆっくりと足を運んだ。不思議と憤り《いきどお》の類は湧いてこなかった。なぜか、と訝り《いぶか》、すぐに、前もって征次郎から聞いていたからだと思い当たった。

集落の向こうに広がる田畑も見て回って、支配所へ戻ったときは七つ半になっていた。裏の畑の窪田茄子をもぎ、鰹節と醤油と味醂《みりん》で煮て、朝炊いた赤黄色い飯と一緒に夕飯にした。

伊能が丹精した畑の土は堆肥がたっぷりと鋤込《すきこ》まれてほかほかと柔らかく、風除《かぜよ》けのための囲いまで張られていた。自分が世話をしていた実家の畑を見るようで、思わず頬が緩んだ。

腹をよくすると、また千本素振りをした。絞った手拭いで躰をこすってから、やがて手習い塾で使うであろう『庭訓往来《ていきんおうらい》』などに目をやっていると、すぐに眠気がやってきた。とりあえず、あの子狸どもだけは明日の朝もまたやってきてくれるのだろう、と思いながら睡魔に寄り添った。


次の日も、その次の日も、そのまた次の日も同じように時が過ぎた。

朝は千本素振りをしてから子供たちに手習いを教え、その後、集落に出向いて無視に会い、田畑を巡った末に支配所へ戻って、ポンポチ米の夕飯を腹に入れてからまた千本素振りをして眠りについた。千本と決めた素振りは二千本になった。

変わったことと言えば、翌日から、裏の畑の世話をし、もいだ小茄子を漬けた。自分の想い通りに漬けた窪田茄子はやはり旨く、次は糠床《ぬかどこ》も育てようと思った。

そして八日目には、誘いに乗れば一揆になると征次郎が釘を刺した、干鰯屋の娘の夕ネが姿を見せた。

新吉を医者の息子だと教えた信介《しんすけ》がタネの弟で、朝、信介を送ってきたのだが、そのときは征次郎が説いたようなあばずれには見えなかった。干鰯屋とはいっても半農だろうが、さほど陽《ひ》にも焼けておらず、むしろ色白と言ってもよいほどで、若い頰が柔らかな線を描き、奥二重《おくぶたえ》の目が涼しげである。

征次郎は少し言い過ぎではないかと思っていたら、夕飯後に素振りをやっていたときにまた訪ねてきて、啓吾の傍《かたわ》らに立つといきなり両手で胸をはだけた。

双の乳房を満月の光に揺らして、吸いたいか、と言う。なんだ、こいつはと訝りつつも、涼しげな目に似合わぬ重みを伝える乳房のあまりの見事さに思わず、ああ、と答えると、まだ、だめだ、と言い捨てて、すぐに藍色の夕景色のなかに姿を消した。

それでも庭先《の》には、いちばん美しい季節を生きる女の獰猛《どうもう》な匂いが、夏草の厚い呼吸を押し退けてとどまり、啓吾は、たしかにあばずれだ、と声に出して、その残り香を振り払おうとした。けれど、匂いはしっかりと若者の鼻腔に棲《す》み着いて、啓吾は一揆だ、一揆だと唱えながら、それからを過ごす羽目になった。

タネと再び出逢ったのは、その十日後だった。

いつもの集落廻りから戻ると、淡い藍色に沈んだ手習い塾に、タネの背中があった。音を立てないようにして近づくと、啓吾が書いた、いろは四十八文字の手本に目を落としている。はっと気づいて振り向いたタネに、信介と一緒に来ればよいではないか、と声をかけると、急に立ち上がり、馬鹿にすんじゃねえ、と叫んだ。

「いろは、なんてとっくに知ってるわ。おらは手紙も書けるし、読本《よみほん》だって読めんぞ。侍だけが物を知ってるなんて勘ちがいすんじゃねえ。あんまり下手くそな字なもんだから、呆れて見てただけだわ」

そう言い捨てると、闇のなかへ走り去った。

それっきりタネは姿を見せず、二十日ばかりがやはり同じように過ぎた。

その日は手習い塾も休みで、啓吾は釣竿をかついで村の西の端を流れる川へ向かった。このところずっと干し魚以外の魚を食べていない。季節の鮎をいっぱい釣り上げて、滋養を補おうと思った。

針を送ると、鮎はおもしろいくらいに釣れた。ほどなく魚籠《びく》がいっぱいになって、はてどうしたものかと思案していたとき、川岸に目医者の息子の新吉が姿を現わし、啓吾に向かって、せんせーい！　と声を張り上げた。なんだぁ、と聞くと、その場でどたばたと足踏みをしながら、信介んちがたいへんだ、と答えた。

「なんか怖い人が刀を抜いて、干鰯屋に入ったまま出てこないよー」

すぐに駆け出して集落まで来ると、干鰯屋の周りには人垣ができていた。啓吾の姿を認めて、これまでまったく挨拶に来なかった名主の勘兵衛《かんべえ》が声をかけてくる。

「二日ほど前に御領地の御陣屋からお達しがありまして……」

思わず、〝御領の百姓〟という言葉が浮かんだ。代官陣屋からの話は、進んで聴くのだ。

「御陣屋で手付《てつき》をしていた岡崎十蔵《おかざきじゅうぞう》なる者が手代《てだい》を斬って逐電《ちくでん》したとのことでした。おそらくは、その手付が押し入って立てこもったものと思われます」

やはり、と啓吾は思った。征次郎からは、代官の役所の内情についても聞いていた。少ない人数でやり繰りしているだけに、いったん人と人のあいだがこじれると厄介なことになりやすい。特に手付と手代は相容れぬことが多いようだった。

手付も手代も幕吏ではなく、代官役所の雇い入れだが、手付は御家人《ごけにん》で、手代は百姓上がり。とはいえ、陣屋の実務に精通して、金品と引き換えに頼み事を受け、羽振りをきかせているのは、百姓上がりの手代のほうだ。いつ、こんなことが起きたって、おかしくはない。

「なかには何人いる?」

啓吾は干鰯屋の建物を見据えたまま言う。

「喜介夫婦に子供が四人。あと使用人が二人と、客も一人いたようです」

「信介は?」

「やはり、なかにおるようです。タネは外へ出ておりましたが」

「陣屋へは?」

「先刻、手前どもの若い衆を知らせに走らせましたが、御陣屋までは半日はかかります。行って来いで、すぐに討っ手が出たとしても丸一日。とても、それまで待つわけにはまいりません」

それを聴くと、啓吾は黙って釣竿と魚籠を勘兵衛に預け、なんでもよいから紐《ひも》をこれへ、と言った。

すぐに紐が届いて、啓吾は慣れた仕草で襷《たすき》がけをする。

「どうされるおつもりで？」

勘兵衛が言った。

「見れば分かるでしょう。捕らえます」

「御陣屋からのお話では……」

顔の造りはまったくちがうけれど、勘兵衛の顔つきは柳原藩組頭の半原嘉平に似ていた。

「逐電した岡崎十蔵は、直心影流《じきしんかげりゅう》の遣《つか》い手とのことでした。その流派をご存知でございますか」

知らぬわけがなかった。直心影流といえば、江戸の西久保に道場を構える、中西派一刀流と並ぶ当代の大流派である。剣にことさらの関心を持たぬ者でも、直心影流と長沼道場の名前は知っており、その響きは中西派一刀流と同様に、光り輝く江戸の町と重なっていた。

「わたくしが後《おく》れをとったら……」

勘兵衛の問いには答えずに、啓吾は言った。一瞬、今朝漬けた小茄子が脳裏を掠《かす》めた。この後、還《かえ》って、漬かり具合をたしかめることはできるのだろうか。

「そのときは、たとえ嫌《いや》でも、柳原の城に知らせてください」

そして、つかつかと、干鰯屋へ向かった。

啓吾はそれまで真剣で結び合ったことがない。人を殺《あや》めたことはむろん、血を見たこともなかった。

にもかかわらず、迷うことなく干鰯屋へと足を動かすことができたのは、他に手立てがないことと、そして、石出道場で修めた奥山念流がひたすら受けに徹する流派だからだ。斬られることはあっても、斬る恐れは少ない。それが啓吾の気をずいぶんと楽にした。

「そこにおられるのは岡崎十蔵殿か」

固く閉じられた戸の前で、啓吾は声を張り上げる。

「柳原藩杉坂村支配所詰め、高林啓吾と申す。家の者を解き放って、表に進まれよ」

そのまましばらく待つが、応答はない。

「ならば、こちらから参上する。拙者一人のみだ。まことに直心影流の遣い手であるなら、招き入れられい」

軋《きし》んだ戸の音とともに、肩幅ほどの隙間が空く。

躰を横にして敷居を跨《また》ぐ間際に、啓吾は瞬《まばた》きをして、土間の暗がりに目を馴れさせた。

それでも夏の陽が弾《はじ》ける川面《かわも》を捉え続けてきた目には暮色《ぼしょく》でしかなく、斬らずに済むとばかり思っていた胸底に、不意に斬られるという想いが湧き上がる。

江戸で覇《は》をとなえる長沼道場の太刀筋を、地方の小藩の石出道場のみで生き長らえる奥山念流がほんとうに受けることができるのか。自分はひょっとして、逃げ水に憩《いこ》う蛙《かえる》ではないのか。とたんに唇が乾き、己の汗が獣のように臭った。

「おい、まさか動けんのではあるまいな」

土間に立ち尽くす啓吾に、上がり框《かまち》のほうから声がかかる。

「俺が招いたのではなく、おまえのほうから入ってきたのだぞ。しゃんとしてくれ」

ようやく広い土間に馴れた目が、框に腰をかける四十過ぎの男を捉えた。

座していても背丈は高く、胸板は厚そうで、膂力の強さが伝わってくる。剣を合わせれば斬撃《ざんげき》は尋常ではなく、啓吾の刀が叩き折られることも覚悟せねばならぬかもしれない。

「このまま戻ったらどうだ」

十蔵はゆっくりと腰を浮かせて啓吾に近寄る。やはり、上背は頭一つ高く、近づくほどに啓吾の顎《あご》が上がる。

「おまえ一人で俺を捕らえられなかったとしても、誰もおまえを責めはしまい。いまのうちに戻れ」

十蔵が足を止めて相対《あいたい》すると、鉄臭い血の匂いがどっと押し寄せてきた。たった二日前に陣屋の手代を斬り殺したばかりであることがまざまざと伝わって、猛々《たけだけ》しく鬱陶《うっとう》しい。

思わず後ずさりしたくなるが、啓吾の五感は、初めて見る人を斬った男を、嘗《な》めるように動いた。瞳の奥を覗き、唇の端の動きを読み、声の色を聴き分け、押し寄せる剣気を嗅ぐ。向かい合えば知らずに、修めた手順が動き出していた。

「この家の者を解き放てば考えよう。一同は無事か」

十蔵の背後に目を移しながら、啓吾は言う。

「無事だがな。おまえがそんなことを言い出せる立場か」

すぐに十蔵は言葉を返した。

「どいつもこいつも柄《がら》を弁《わきま》えず、でかい口をたたきおって」

うんざりとした口調で、つづける。

「あの悪徳手代にしたってそうだ。算盤勘定《そろばんかんじょう》しかできぬくせに武人を侮《あなど》りおって。あんな外道《げどう》を斬って、なんで俺が捕えられなければならん。おまえも武家ならば分かろう。俺は成敗したのだ。むしろ、顕彰《けんしょう》されてもよいはずだ」

「戻って、そのように申されてはいかがか」

啓吾は静かに言う。間近で血の匂いに包まれるほどに、逆に、四肢の強張《こわば》りが解けていく。

顔を合わせるまでは、陣屋での手付の立ち位置を忖度《そんたく》できそうな気もしていたが、正面から瞳の奥をなぞってみれば、この男にはやむにやまれぬものがない。

手代を斬るしかなかったという、覚悟が伝わってこない。ただ、己の自負の上辺《うわべ》に勝手に疵《きず》をこさえて、弾けただけだ。

「何流だ」

ちっと舌打ちした十蔵は、ゆっくりと啓吾との間《ま》を空ける。

「どの流派だ。どこで修めた？」

「流派は奥山念流」

「聞かんな」

「修めたのは、わが国の石出道場でござる」

「田舎剣法か」

四間《けん》ほど下がって、十蔵は足を止めた。

「俺の直心影流目録は掛け値無しのものだ。俺は本来、こんな片田舎にいる人間ではない。田舎剣法しか知らぬお主のような男と、刃を合わせてはいかんのだ」

鯉口《こいくち》を切って、言葉をつなげる。

「構えてみい」

ふと啓吾は、組頭の半原嘉平が言った餓死する毒蛇を想い浮かべた。

いま十蔵の目には自分が鼠と映っている。己の牙には毒液がたっぷりと蓄えられていて、ひと嚙みすればたちまち息絶えると思い込んでいる。

「田舎剣法が俺の思いちがいであれば、尋常に勝負してくれよう。人質を救えるかもしれぬぞ」

啓吾はすっと刀を抜く。初めて人を前にして刀を抜く。

躰に埋め込まれた剣技が四肢を柔らかく動かして、諸手《もろて》が中段の構えをとった。

十蔵が青眼かと見たとき、しかし、啓吾の両足がさらにすっと左右に動いて、肩幅の倍ほどの広さにも開く。すぐに肘《ひじ》もせり上がって、剣尖《けんせん》は頭よりわずかに高くなった。

相撲の四股《しこ》さながらに大きく開いた両足と、わずかに頭上にある剣尖が三角を描くことから蕎麦《そば》の実のごとくと形容される、念流ならではの無骨《ぶこつ》極まりない構えだ。

初めて奥山念流の構えを目にした相手は、一様に虚を突かれる。

「なんだ、それは！」

十蔵の顔の筋が歪《ゆが》んだ笑みをつくった。

「冗談で構えているのではあるまいな。不格好にも程があるではないか」

みるみる、十蔵は激してゆく。

「おまえ、俺を馬鹿にしているのか。こんな地の果てで、俺は田舎剣法からも馬鹿にされているのか」

言葉が終わらぬうちに十蔵は抜刀する。憤怒《ふんぬ》とともに、岩をも叩き割ろうかという面を打ち込んできた。

その一撃を、啓吾は待っていた。ひたすら受ける奥山念流にとっても、面はとりわけ受けやすい打突《だとつ》である。

はたして、啓吾の剣は十蔵の面を真綿のように包み込む。刃を合わせながら啓吾は十蔵の顔が引きつるのを見る。己の毒が効《き》かぬことを、初めて知った毒蛇の顔を見る。

それでも、十蔵はなんとか堪えて第二撃のために剣を引こうとする。引こうとして、さらに顔が恐怖で歪む。どうやっても、刀が啓吾の刀身から外れない。啓吾の剣が、絡《から》め取っているのだ。

奥山念流は受けに受け、凌《しの》ぎに凌ぐ守りの剣だが、啓吾はその受け方が尋常ではない。同じ念流の系譜に連なる馬庭《まにわ》念流が米糊《そくい》付けと呼んでいるように、念流の受けは、相手の剣を糊《のり》で絡め取るようにして粘り抜く。啓吾もその定石は踏み外さない。ただし、啓吾の受けは、そのまま攻めとなる。

啓吾は十蔵を意のままに踊らせる。毒蛇を噛む鼠と対する十蔵の手の内の動きは呆れるほどに拙《つたな》くなって、刃筋を逃しようもない。十蔵の刀捌《さば》きに合わせて啓吾の刀身が自在に蠢《うごめ》き、十蔵を右に左に泳がす。十蔵はただただ柄《つか》にしがみついて、倒されるのを逃《のが》れるばかりだ。

十を数えた頃だろうか。最後の力で押し込んできた十蔵をいなして、なぜか啓吾は刃筋を離した。

ようやく解き放たれた十蔵は、勇んで剣を振りかぶろうとする。

と、そのとき、褐変《かっぺん》した枯れ葉が枝を離れるように、十蔵の剣が両の指先からするりと落ちて土間に転《ころ》がった。啓吾の手の内の異様な蠢きが、十蔵の柄を握る力を吸い尽くしたのである。

十蔵は魔物でも見るかのように、息も荒らげていない啓吾を凝視する。啓吾のほうはなにごともなかったかのごとくに刀を拾い上げて、はて、どうしたものかと思案した。いやしくも御家人に縄を打つのは忍びないが、さりとて村には牢がないため縄で捕縛《ほばく》するしかない。

考えたあげく、縄を打たれるか腹を切るか、どちらかを選べと言ったら、意外にも十蔵は縄を打ってくれと言い、啓吾は介錯《かいしゃく》をせずに済んだことにほっとした。十蔵を縛って外へ出ると、人垣からどっと喚声が上がる。村役人の手の者に十蔵を引き渡し、てえしたもんだ、とか、いや、すんげえもんだ、とかいう声を背中に受けて支配所へ戻った。

最初は殺めずに済ますことができたことに安堵していたが、それでも支配所に着いて一人になるとひどい震えが来た。斬られたかもしれぬという恐怖が遅れて襲ってきたのか、それとも、それが真剣勝負というものなのかは分からなかった。

躰ががたがたと揺れ、歯ががちがちと鳴る。戸を閉めるやいなや土間の隅に潜《もぐ》り込み、甲虫の白い幼虫のように身を丸めた。

悪寒《おかん》がして、冷や汗が止まらない。さらに躰を小さくしようとしていると、突然、がたんと戸が開いて誰かが入ってきた。

こんなところを村の人間に見られたらたまらない。思わず姿を隠そうとしたが、どこにも穴ぐらなどはなく、冷たい汗に塗《まみ》れた顔を仕方なく上げると、タネが立っていた。

「ほらっ」

タネはしゃがみ込んで胸をはだけ、啓吾に白い乳房を差し出す。啓吾は吸い寄せられるように乳首にしゃぶりつき、タネをかき抱いた。


「先生、剣術を教えておくれ」

手習いが終わると、新吉と信介は必ずそう言ってまつわりついてくる。

「ちゃんと手習いが身についたらな」

啓吾は言う。そして、ほんとうに道場を開いてもよいのではないかと思う。ひたすら守り抜く奥山念流ならば、この村の子供たちに教えてもよいのではないか。

新吉と信介だけでなく、子供たちはあの日のことをいつまでも忘れない。とたんに子供たちのあいだで流行《はや》り出したちゃんばら遊びは、あれからふた月が経ったいまでも人気のままだ。

いっぽう、啓吾の背中にかけられた賞賛の喚声はいまやすっかり消えかけている。

あれからしばらくは集落を歩くと笑顔が向けられ、愛想の一つも言われたが、ひと月ほど経った頃から笑みは再び消えた。〝御領の百姓〟として周りの村と肩を並べたいという強い想いが、しょせんは柳原藩の家臣ではある啓吾を受け容れることを許さないようだ。

「あんた、いっそウチへ婿《むこ》に入ればいいんだ」

干鰯屋の喜介は、村人の目が届かなくなると啓吾に言う。

「もう侍の時代でもないよ」

杉坂村の百姓は、ほんとうに怖いもの知らずだ。

「百姓の時代でもねえ。いまは商人の時代さ。干鰯屋って言われてるけど、おらが商っているのは干鰯だけじゃねえ。木綿も繭《まゆ》も真綿も焼酎も古手《ふるて》も煙草も扱っている。大豆も水油も酒粕も麹《こうじ》もだ。伊能の旦那に灘の上酒を届けてたのもおらさ。これが欲しいって言われりゃあなんだって届ける」

それはすごいと、啓吾は思った。

「客もこの村の人間だけじゃねえ。御領地の村の半分は押さえているよ。いずれ、あんたの国にだって出て行く。みんなの前じゃ言えねえけどさ、もう〝御領の百姓〟でもないんだ」

世の中には、さまざまに才を持つ人間が、いろいろな処にいるものだとつくづく思う。

「だからさ、あんたも一度その気になって考えてみたら？」

喜介は真顔《まがお》で言う。

「タネにもこの話をすると、まんざらじゃあねえみたいなんだ」

「そうですか」

「ありゃあ、あんたに惚《ほ》れてるよ」

「でも、何日か前に、タネさんは村の若い衆の腕を抱《かか》えて歩いていましたよ」

「そりゃ、あんた……」

喜介は手を横に振る。

「タネもあれだけの女っぷりだしさ。まだ若いしで、いろいろあんだろうけど、本気じゃないよ。本気なのは、あんただけさ。あんたとタネなら、きっとうまくいくよ」

初めて剣を抜いたあの夜、タネは朝になって帰っていった。

伊能征次郎は、タネの誘いに乗ったら一揆になると思え、と戒めたが、とりあえずまだ、一揆にはなっていない。

村は結局、なにも変わっていない。けれど、村を見る自分の目は、このひと夏で、ずいぶんと変わった気がする。

杉坂村は、もう秋。実りの季節だ。

逢対《あいたい》

下谷広小路《したやひろこうじ》は常楽院《じょうらくいん》に分け入る三枚橋横丁《さんまいばしよこちょう》に、こうじ屋はある。こうじ屋というからには、元々は麴《こうじ》を商っていたのだろうが、いまは煮売屋《にうりや》で、煮魚や蓮根《れんこん》の煮物、里芋の煮っころがしなんぞがふつうに旨《うま》い。

店の一角で、朝午《あさひる》は飯を喰わせ、夜は酒も飲ますので、近くに住む竹内泰郎《たけうちたいろう》はけっこう重宝《ちょうほう》に使っていた。独り暮らしの屋敷では、タキという飯炊きの婆さんを頼んでいるのだが、半年ばかり前から手がちっとおかしくなった。飯だけはなんとか炊くのだが、菜《さい》のほうは日によって塩気がまったくなかったり、逆にしょっぱすぎて喉を通らなかったりする。ま、これ以上おぼつかなくなるようだったら、斡旋《あっせん》した人宿《ひとやど》に引き取ってもらおうと思いながらも、いざとなると言い出せぬまま時が過ぎて、それとともに、こうじ屋に足を運ぶ回数が多くなったのである。

「お近くなんですか」

何回目かの朝飯のときに、店を切り盛りしている里《さと》が話しかけてきた。いつもの里は客商売にもかかわらず言葉少なで、客の誰かがそれを言ったとき、やんわりと、うちは味と値段で来ていただいてるので、と返していた。

「ああ、傘の要《い》らぬ路《みち》のりだ」

自分もけっこうな馴染《なじ》みになったということか、と思いつつ、泰郎は答えた。下谷広小路といえば、江戸でも一、二を争う盛り場だが、少し奥へ入ると、御家人《ごけにん》の御徒《おかち》が集まって暮らす御徒町《おかちまち》のように、下級幕臣のこぢんまりとした屋敷が延々と広がる。泰郎の屋敷もそうした一軒で、入ったらすぐに抜けてしまう三枚橋横丁の短い路筋《みちすじ》が、不忍《しのばずの》池《いけ》から流れる忍川《しのぶがわ》を渡ってすぐの処《ところ》にあった。

「ならば、言ってくだされば、お届けすることもできますよ」

どうということもない風で、里は言った。

「そうしてくれるのなら、願ったりだが」

少し考えてから、泰郎は答えた。泰郎は幕臣で、一応、旗本の末席に連なってはいるのだが、父子《おやこ》二代の無役《むやく》である。閑《ひま》を生かして、屋敷で算学塾、のようなものを開いている。ようなもの、というのは、ふつう算学は家元制度を取っていて、流派に学び、師範の免状を許されて塾を開くのだが、泰郎はとっかかりこそ手ほどきは受けたものの、その後はほとんどまったくの独学だったからだ。にもかかわらず、いつの間にかそこそこの数の塾生が集まるようになって、飯を共にする折も少なくない。それができれば、ずいぶんと勝手がよくなる。

「そんな。お安いご用ですよ」

形のよい唇の端《はし》にだけ笑みを浮かべて、里は答えた。

それからは、月に五度ほどは店に通い、三度ほどは屋敷に届けてもらった。なにしろ、ほんとうに雨に降られても傘の要らぬ距離である。塾生たちも喜んで使いに出る。すると、商売物のつくり置きではない、まだ舌に熱《あつ》いのを届けてくれる。それも、店を手伝う者がやって来るものと想っていたら、里が自分で届けに来る。

商売物の煮物はふつうに旨いが、里の抱えてくる湯気の立つ煮物は相当に旨い。心なしか素材も、店に並べられているものとはちがっているようだ。いつしか、月に三度ほどは店に行き、五度ほどは屋敷に届けてもらうようになって、そうこうするうちに、醤油と味醂《みりん》が出会うように、男と女の間柄《あいだがら》になった。泰郎二十八、里二十四の、ちょっとばかり遅めな、夫婦《めおと》になるにはけっこう難儀な恋路《こいじ》の始まりだ。


理《わり》ない仲になると、女の顔は変わる。いや、変わって見えるようになる。よく見えるようになる女もいれば、その逆になる女もいる。里は、よく変わったほうだった。

客として通っていた頃の泰郎の目に映った里は、目鼻立ちは整ってはいるのだが、いまひとつあかぬけなかった。三枚橋横丁という、江戸の遊び場を煮詰めたような界隈《かいわい》で育ったにもかかわらず、里という名前のように、どこか在方《ざいかた》の風情《ふぜい》が残って見えた。

肌を合わせてみれば、そのわずかなあかぬけなさが隠し味であり、美しさの彫りを深くしていることを知った。日を経るほどに陰影はますます奥行きを増して、惚《ほ》れたな、と泰郎は思った。

里のほうは、といえば、様子はほとんど変わらなかった。女房顔《づら》はむろん、情婦《いろ》顔もせず、むしろ、つれないと思えるほどである。四月も末の、こうじ屋が休みの札をかけたある日の午下《ひる》がり、すこしばっかり焦《じ》れた泰郎が、五月の衣替《ころもが》えを前に単衣《ひとえ》を縫っている里に向かって、この先、どうするつもりなのだ、という子供じみた台詞《せりふ》を吐くと、さらっと、どうもしませんよ、と言った。

「あなたはお旗本、わたしは町人で煮売屋。どうにもしようがないでしょう」

だだをこねる子に、言い聞かせるようだった。

「旗本とはいったって、小十人筋《こじゅうにんすじ》で無役の貧乏旗本だ」

泰郎はなおも甘えた。小十人筋というのは、御当代様《ごとうだいさま》をお護《まも》りする五番方《ごばんかた》のひとつの、小十人組に番入りすべく定められた家筋《いえすじ》だ。とはいえ、小十人組の編制はひと組二十人が十組で、総枠二百名。これに対し、小十人筋は千二百家を越える。つまり、千を上回る家が番入りできないことになる。

その上、旗本の家禄は、少なくて百五十俵という一応の目安があるにもかかわらず、歩行の番方である小十人筋に限っては、四家に一家の家禄が百俵よりも下だった。俗に言う貧乏旗本は、元はといえばこの小十人筋を指す。旗本であるにもかかわらず、御目見《おめみえ》以下《いか》の御家人よりも低い家禄の家がざらにある。一昨年、父が卒中で母のもとへ行って、泰郎が家督を継いだ竹内家もその一軒であり、つまり、竹内家は由緒正しい貧乏旗本だったのである。

「だから、なんなんです？　お旗本は、お旗本でしょう」

里は縫い物から目を離さずに、とがめる風でも、なだめる風でもなく言った。

「それに、あなたは算学のお師匠でもあるでしょ。わたしとはどうやっても身分ちがい。だって、わたしはおめかだもの」

おめかとは、妾《めかけ》のことである。里は十七のときから五年間、池之端仲町《いけのはたなかまち》に大店《おおだな》を構える鰹節屋の主《あるじ》の妾になった。二年前に切れて、その手切れ金で求めたのがこうじ屋だ。里に鰹節屋を紹介したのは、里の実の母である四万《しま》で、四万もまた妾で凌《しの》いできた。

「母は、この界隈でケコロをやってたの」

と、里が言ったことがある。

「そう、下谷ならどこにでもいた遊女。終《しま》いには、河原の夜鷹《よたか》にまで落ちて当り前」

いまが文政三年だから、三十年ばかり前、寛政の改革で根絶やしにされるまでは、山下《やました》や広小路の路地という路地で、ケコロが張り見世《みせ》をしていたと聞く。素人っぽさが人気で、堅気《かたぎ》に見えるよう、綿の着物を着《つ》け、前垂《まえだ》れをしていたらしい。山下の前垂れというやつである。それを耳にしたとき泰郎は、そういう話ではないと知りつつも、里の母親なら、さぞかし前垂れ姿が似合っただろうと思った。里のあかぬけなさは、そのまま堅気っぽさでもあった。

「でも、母が落ちる処まで落ちなかったわけは、妾になる相手をつかまえたことと、三十も半ばになってから、がんばってわたしを産んだこと。母はわたしがまだお腹《なか》にいたときから、わたしを妾にして自分の面倒を見させるって決めてたの」

初めて聞いたときは、それなりに驚いたものだ。

「おかげで、わたしは読み書きから踊りや三味線、なんでも習うことができた。母は、できるだけ高くわたしを売ろうとしたから、お稽古事にはお足を惜しまなかったのよ。よく、言ってたわ。亭主なんていなくたっていい。でも、子供はつくらなきゃなんない。それも女を産んで、いい妾に育てるんだって。自分は齢《とし》喰ってわたし一人しか産めなかったけど、おまえは何人も産んで、みんないい妾に仕上げて、安心しなきゃあって。それがほんとうにわたしの幸せなんだって、信じこんでたの」

四万は二年前、煮売屋の女主《おんなあるじ》におさまった里に看取《みと》られ、不自由のない暮らしのなかで逝《い》った。四万は正しかった。夜鷹となって、暗い川辺で野垂《のた》れ死ぬことなく、きれいな畳の上で仏になった。

「だから、わたしもあなたのお嫁さんにしてもらおうなんてちっとも思わない。それより、もう二十四の中年増《ちゅうどしま》になっちゃったから、早く女の子を産まなきゃあ」

里は泣き笑いのような顔でつづけた。

「母からは何人もって言われたのに、まだ一人も産んでないんだもの。あなたに近寄ったのは、女の子は父親《てておや》に似るっていうでしょ。あなたが父親だったら、さぞかし器量よしが生まれて、いいお妾になるだろうって思ったから。わたしは別嬪《べっぴん》さんに生まれそこなったから、その分、父親にがんばってもらわないとね。だから、あなたを食べ物で釣ったの」

その顔を見たとき泰郎は、里をあかぬけなく感じた理由に触れたような気がした。

きっと四万は、里が幼い頃から、自分たちが苦界《くがい》に墜《お》ちないためのただひとつの路が妾だと、繰り返し説いたのだろう。子供の里はわけも分からぬまま従ったが、娘になった里のなかには、当人も知らぬうちに、たとえ妾にはなっても、なり切らぬように押しとどめるものが芽を出したにちがいない。

それが、他人にはあかぬけなさに映り、そして情を交わした者には、美しさを彫るものへと変わって見えるのだろう。

「だから、あなたとは赤ちゃんができるまでのおつきあい。できたら、あなたとはさっさと別れるの。だから、あなたはわたしのことなんてぜんぜん考えなくっていいのよ」

そんな法外な話があるものか、と言ってはみたものの、言うそばから、いかにも言葉が軽いと、泰郎は感じた。なんとしても里を嫁に取るという、覚悟が据《す》わっていない。これでは到底、あの世の四万と渡り合うことなどできない。

ほんとうに妻に欲しいなら、どんなに周りが反対したって、いったん旗本の養女にしてから迎えるなりすればよいはずだ。たしかに、元は妾で、おまけに、ケコロだった女を母に持つ里を武家の養女にするのは一筋縄《ひとすじなわ》ではいかなかろうが、できない話でもあるまい。あるいは、自分が武家を辞《や》めて、算学一本の暮らしになってもよいだろう。そうすれば、互いに町人どうし、なんらはばかることはない。

それがいまだにそうしていないのは、里への想いがしょせんその程度で、惚れてなんぞいないということなのか、それとも、父子二代の無役の上に、師を持たない算学者という、定まらない身すぎのゆえか。独り暮らしならばけっして具合がわるくはないどっちつかずの暮らしも、嫁を取って子を生《な》すとなると、ほんとうに自分が夫となり、父となれるのかと、つい惑《まど》ってしまう。幼い頃からずっと、武家の御勤めというものを肌で知らないおぼつかなさが、そんなときに出る。

「着てみて」

縫い上がった単衣の両肩を持って、里が立ち上がり、笑顔とともに言葉を寄こした。言われるままに袖を通しながら、あの頃となんにも変わっちゃいないと泰郎は思う。よくも里に向かって、この先、どうするつもりなのだ、などと口にできたものだ。問われなければならないのは、こっちのほうなのに。

里はずっしりと、重く生きている。四万と二人分を生きている。それに比べて、同じ親子二代でも、いざというときの自分のおぼつかなさはどうだ。あるいは、そのおぼつかなさは、里には、身分ちがいゆえの冷たさとして伝わっているかもしれない。自分はその身分に、しっかりと両袖を通すことができずにいるのだが。

「わあ、やっぱりよくうつるう！」

泰郎に顔を向けたまま、あとずさりした里が声を上げる。

「青梅《おうめ》の桟留縞《さんとめじま》なの。前から、あなたに合うって思ってたのよ」

藍《あい》の地に細い赤茶の縦縞《たてじま》で、陽《ひ》の加減で布地がうっすらと光る。そんな着物は着たことがない。つい算学の癖が洩れ、光沢を出すための染めと織りの数値計算に頭がいきかけて、泰郎はあわてて打ち消した。

「いい風合いだ」

「綿と絹の交《ま》ぜ織りなの。縦糸が綿絹《めんきぬ》で、横糸が綿。織り上げてからも砧《きぬた》で叩いて滑らかにするから、こういう感じになるのね」

話しながらも、目は単衣から離れない。自分でも納得の仕上がりのようだ。おいおい知ったのだが、里の縫い物は界隈でも評判を取っている。解《と》いても針目《はりめ》が見えない縫い手として、聞こえているらしい。それも、妾の稽古に入っていたのだろうか、いつ、煮売屋をたたんでも、仕立師としてやっていける。妾なんぞにならなくても、不自由はしない。

でも、里は、もしも女の子ができたら、ほんとうに言葉のまんまに自分と別れて、妾に育てようとするかもしれない。里にとって、きっと四万はあまりに重い。抵《あらが》うにしても、自分の見かけをあかぬけなくさせるだけで精一杯だろう。

ふんぎりをつけなきゃいかんな、と泰郎は思う。なんにつけ、白黒つけようとして壊《こわ》れちまうよりは、灰色のままうっちゃっておいたほうがいいくらいに思ってずっとやってきたのだが、このままでは自分の娘を妾にされてしまいかねない。でも、どうやって、ふんぎりをつけたらよいのだろう……。そいつが、どうにも分からない。

役所に通う父を見ずに育った泰郎にとって、御勤めといえば、父がか細い活計《たつき》を助《す》けるために、庭に建てて貸し出していた家作《かさく》の住人たちの生業《なりわい》だった。儒者や国学者や、詩人や歌人や本草学者などを間近に見てきた。

そのなかで、いちばん興味を引かれたのが算学者だった。算学者とはいっても、脇田《わきた》順庵《じゅんあん》というその借家人が教えていたのは、いわゆる地方算法《じかたさんぽう》で、検地の仕方や川除普請《かわよけぶしん》の進め方といった、農政の現場で求められる実用の算学だったが、それでも十七のときにその一端を覗《のぞ》かせてもらったときには、十分に胸が躍ったものだった。

はっきりと覚えているのは、順庵が富士山の高さを導き出してみせたときだ。それまでの聞きかじりで、離れた場処にあるものの高さは、三角形の相似形《そうじけい》を使って知ることができるのは分かっていた。

けれど、それは測るものまでの距離がすでに出ている場合であって、富士山の場合は下谷からの直線距離が明らかではない。そんなときでも算学を使えば求める高さが手に入ることを知って、なんとも不思議な感覚を味わった。

不思議な感覚というのは、つまり、もしも算学がなければ、富士山の高さは永遠に知られることはなかったということだ。

富士山に限らず、あらゆる山には高さがある。なのに、測る方法がなければ、数字の上では、高さはないのと同じになってしまう。

逆に言えば、この世は、算学によって明らかにされたいもので溢れているのではないか、と泰郎は思った。

それがはっきりしたのは、中国から持ち込まれた『幾何原本《きかげんぽん》』という西洋算学の翻訳書をめくったときだった。

そこでは、三角形の内角の和が百八十度であることが記《しる》されていた。

三角形にはいろいろな形があるけれど、どんな形をしていようと、それが三角形である限り、内角の和は百八十度なのである。

それを知ったときの衝撃は、富士山の高さを知ったときとは比べものにならなかった。

富士山に高さがあることは、誰だって見れば分かる。数字として明らかにするには算学の助けを得なければならないが、高さを持つことじたいは子供だって分かる。

でも、三角形の内角の和はそうじゃない。

まっとうな暮らしをしている限り、人が三角形の内角の和なんぞと関わる機会はまったくない。

三角の形をした田んぼが隣り合っていたとする。それを見て、誰かがなにかを考えるとしたら、こっちの田んぼとあっちの田んぼとでは、どっちが広いかとか、この辺とあの辺ではどっちが長いか、くらいのものだろう。まちがっても、こっちの田んぼの内角の和はいくつで、あっちの田んぼのそれはいくつなんだろう、などとは思うまい。

つまり、三角形の内角の和は、山の高さのようには存在しない。人々にとって、山の高さは、ある、けれど、三角形の内角の和は、ない、のだ。

ない、が、三角形の内角の和が百八十度であることは、断じて正しい。

この世には、まったく人の目には見えていないけれど、疑いようもない真の正しさが、あるということだ。

そして、それは、三角形の内角の和だけであるはずもない。

きっと、この空の下には、算学によってのみ存在が明らかにされる、真理がちりばめられているのだろう。

そして、待っているのだ。算学を志す者たちが、自分たちに気づくのを待っている。

そうと分かったとき、泰郎は思わず身ぶるいした。自分のやるべきことを、ようやく手に入れたと知った。

自分は、見えないけれど、あるものを、ひとつひとつ、見えるようにしていくのだ。

おのずと、泰郎の算学は、独学にならざるをえなかった。

この国の算学者は、三角形の内角の和に対してすこぶる冷淡だった。まともに相手にもせず、黙殺した。

それも道理で、三角形の内角の和どころか、角度という概念そのものが、頭のなかになかったのである。驚こうにも、どう驚いてよいのか分からなかったのだ。

もしも、三角形に目を向けたとしても、関心がゆくのは辺の長さで、角度には向かわない。

なぜかというと、実用で役に立つのは辺の長さであって、角度ではないからだ。だから、彼らは、角度も、勾配《こうばい》として理解する。

角度と勾配は、どうちがうか。

まずは、直角三角形を、斜辺を上にして置く。底辺を同じにして、頂点を上に移動させると、斜辺の角度が急になるが、彼らはそうは見ない。角度には目をつむり、底辺に対して斜辺が長くなった、と認識する。これが、角度と勾配のちがいである。勾配は角度ではなく、長さの比だ。実用の目からすれば、斜辺の、つまり現実には坂の、あるいは階段の、長さが変わることが問題になるのである。

そこが、この世の成り立ちを解き明かそうとして始まった西洋の算学と、あくまで実用に根ざしたこの国の算学との根っからのちがいであり、誰かに師事しようにも、誰もいなかったのである。

以来、泰郎は、誰からも理解されないことを覚悟して、己《おのれ》だけの算学と向き合ってきた。

とはいえ、迷いの類《たぐい》とまったく無縁だったわけではない。とりわけ、自分が無役という境遇から、算学へ逃げているのではないかという疑念は常につきまとった。

算学の厳密さからすれば、武家の在《あ》り様《よう》はまったく理に合わない。だからといって、泰郎は武家を否定しない。というよりも、拒むことができない。

泰郎はひとつの誤謬《ごびゅう》もない算学に憧れる一方で、己の躰《からだ》を流れる小十人筋の血に、人知れず誇りを抱いている。それを矛盾と感じるほど、さすがに泰郎も幼くはない。矛盾を生きるのが人だろう。

たしかに、小十人筋は貧乏旗本である。家格においても、五番方のなかで最も劣る。小姓組番《こしょうぐみばん》や書院番組《しょいんばんぐみ》の番士になるべく定められた、両番家筋《りょうばんけすじ》とは比べるべくもない。とはいえ、御当代様に近侍《きんじ》してお護りする番方であることにまちがいはない。泰郎は子供の頃からずっと、武家のなかの武家であると信じてきた。

泰郎が算学をやっているのを知ると、少なくない人が、ならば御勘定所に入れるといいですね、と言う。そして、つづける。もう、筆算吟味《ひっさんぎんみ》は受けたのですか。当世《とうせい》は、なんといっても御勘定所勤めがいちばん羽振りがいいですからなあ。算学に通暁《つうぎょう》されているのなら、もう、とんとん拍子でしょう。

冗談ではない。自分は武家である。武家は番方にきまっているだろう。誰が役方《やくかた》になどなるものか。それに、算学と算盤勘定《そろばんかんじょう》とはまったく別のものだ。馬と驢馬《ろば》よりもちがう。泰郎は二重に腹が立つ。

そういう泰郎だからこそ、番方の御勤めを躰で知らないという負い目は重くつきまとった。おしなべて、知らないものは、勝手に大きくなる。泰郎は自分だけの算学に取り組みながらも、真の自分は武家らしくありたいのに、それが叶《かな》えられないがために、算学に仮泊《かはく》しているのではないか、という想いを拭《ぬぐ》い切れないでいた。

　こいつをなんとかしなければ、里とのこともふんぎりがつけにくい。己のなかの武家とどう折り合えばいいのか。そのためにも、武家を躰で識《し》らねばならないが、どうすればそれを識ることができるのか。

　悶々としていたところへ、川開きも済んだ六月初めのある日、顔を出したのが、同じ小十人筋で幼馴染みの北島義人《きたじまよしと》だった。

「すまんが、水を一杯くれんか」

　自分の家のようにずんずんと庭に回った義人は、濡れ縁の前に立つと、汗を拭《ふ》き拭き、相手に出た泰郎に言った。

「外はそんなに暑いか」

　濡れ縁から空を見上げながら、泰郎は答えた。その日は梅雨《つゆ》の晴れ間ではあったが、けっして汗ばむほどの陽気ではなかった。

「六阿弥陀《ろくあみだ》だ。ひと息ついたら、これから田端《たばた》に回る」

　そこへタキ婆さんが水を持ってきて、義人は喉を鳴らして飲んだ。今日のタキ婆さんはずいぶんと調子がいい。心なしか、里が出入りするようになってから、かなりましになってきた気がする。

「逆回りか」

「ああ、この前はふつうに回って亀戸《かめいど》で仕舞《しま》った。今日は逆だ」

六阿弥陀は、かの行基《ぎょうき》が一本の大木から六体彫ったとされる阿弥陀像を本尊とする六カ所のお寺を、一日でお参りする行《ぎょう》である。通常は豊島《としま》の西福寺《さいふくじ》から始めて沼田《ぬまた》、西ヶ原《にしがはら》、田端と回り、下谷の常楽院を経て、亀戸の常光寺《じょうこうじ》で終わるが、逆に巡る参り方もある。

常楽院が、ひいてはこうじ屋のある三枚橋横丁が常に賑《にぎ》わっているのも、六阿弥陀のお蔭といってよい。常楽院はいろいろ仕掛けをこらした娑婆《しゃば》っ気《け》たっぷりの寺で、他に閻魔《えんま》像もあるし、富籤《とみくじ》だってやっているのだが、とにかく、常楽院といえば、誰に聞いたって、六阿弥陀の五番目なのだ。

「しかし、よくつづくな」

義人は毎月、三と五と七のつく日に、六阿弥陀に参っている。正と逆をかわりばんこにして、今日は逆らしい。

「さほどのことではない」

義人の家もまた無役だ。

「相変わらず、逢対《あいたい》も毎日つづけておるのか」

泰郎は義人と並んで濡れ縁に座った。

「むろんだ」

逢対とは、登城する前の権家《けんか》、つまりは権勢を持つ人物の屋敷に、無役の者が出仕《しゅっし》を求めて日参《にっさん》することである。老中、若年寄はもとより、小普請組組頭、徒頭《かちがしら》、評定所留役、勘定奉行……考えられるあらゆる屋敷を回る。

まだ暗いうちから、一刻《いっとき》余りも門前に並びつづけ、野菜を並べるようにして、十把《じっぱ》一絡《ひとから》げに座敷や廊下に通される。そこでまた、登城前の要人が姿を現わすのをひたすら待つ。ようやくそのときが訪れても、こちらから声を発してはならない。ただ黙って座りつづけて、顔を覚えられ、向こうから声がかかるのを待つのである。

その辛抱に五年、十年と耐えても、出仕に結びつくことはほとんどない。傍《はた》から見れば不毛でしかない逢対を、義人は十六のときからもう十二年つづけている。それも毎日欠かさずだ。

さすがに周りは義人を敬遠し、時に気味わるがりさえするが、泰郎は心底すごいと思っている。誰にもできないことを、義人はやり通している。きっと、いつかは、逢対ではまれな成功例になることを、泰郎は疑わなかった。

「まねできんな。おまえの堪《こら》え性《しょう》は」

そんな義人を目の当《ま》たりにすると、やはり、自分は逃げていると思えてくる。

「さほどのことではない」

さっきと同じ言葉を、義人はまた言う。そして、つづけた。

「これが俺の武家奉公だ。だから、毎日通っている」

「ほお」

思わず、泰郎は義人の横顔に目をやった。

「武家奉公するための逢対ではなく、逢対そのものが武家奉公というわけか」

「当然であろう。家禄をいただいているのだ。なにかをやらねばならん」

「その家禄に不満を持つ者が、小十人筋には少なくない」

「人のことは知らん」

義人はにべもない。

「ではな。休ませてもらった。そろそろ行かねばならん」

言うが早いか、腰を上げ、足を大きく踏み出した。

きっと義人は田端までずっと、その大股をつづけるにちがいない。義人の六阿弥陀は、願掛けではないからだ。

いざというときにお役に立てるよう、義人は六阿弥陀で足腰を鍛えている。だから、誰から強《し》いられたわけでもないのに、休む時間も己で定め、きっちりと守る。

あらかたの男であれば、三月《みつき》とかからずに空回りするだろう。それを義人は十年を越えてつづけている。

その闘う背中を見送った泰郎は、ふと、ここにいるではないか、と思った。

ここに紛《まぎ》れもない武家がいる。こいつが武家でなくて、誰が武家だ。

こいつをもっと知れば、武家を識ることになるかもしれない。

義人はずっと近くにいたが、知る気で知ろうとしたことはなかった。どんなにつきあいが長かろうと、知ろうとしなければ、知れることなどほんのわずかだ。

とりあえず、義人が逢対に行くとき、同行を頼んでみようと泰郎は思った。


「そういうことなら、若年寄の長坂備後守秀俊《ながさかびんごのかみひでとし》様への逢対がよかろう」

それから四日後の六月七日の午、下谷山下の鰻屋《うなぎや》、大和屋《やまとや》で、鰻丼《うなどん》を抱えながら義人は言った。

「そうなのか」

泰郎も箸を動かしつつ問うた。

「しかし、なぜ、その長坂様なのだ」

逢対に同行させてもらう礼が、鰻丼一杯だった。義人は、そんなのはお安いご用で、礼などされると恐縮すると固辞したが、大和屋の名を出すと、ほんとにいいのか、と言った。山下で鰻といったら濱田《はまだ》か大和屋で、そして鰻丼は義人の唯一の好物だった。

「とりあえず、こいつを腹におさめてしまってからでよいか」

答える代わりに、義人は箸で、丼の縁《へり》を軽く叩いた。

「話しながらだと、せっかくの大和屋の味が分からなくなる」

「これは気づかずに、すまなんだ。そうしてくれ」

かつて義人の前で、食い物の話は禁句だった。食い物なんぞ、腹がくちくなりさえすればなんでもいいという武家の縛りを、義人らしくきっちりと守っていた。それが、丼飯《どんぶりめし》に蒲焼きを乗せた鰻丼なんぞという食い物ができて、たまたま一度食う機会を得てから、鰻丼にだけは目がなくなった。

「ではな。俺は早い。そんなに待たせせん」

もともと、義人は酒を飲まない。茶だけで黙々と鰻丼を食う。つまみも一切頼まない。義人によれば、鰻丼の前につまみを口に入れると、鰻丼の味が濁るのだそうだ。そういうわけで、義人は言葉どおり、泰郎が半分も食わぬうちに丼を空にした。武家の早食いは、いまでも守っている。

「さすが大和屋だな」

ふーと息をつき、茶を含んでから言った。

「旨い」

「そうか」

「好物ができるということは、弱みができるということだ。弱みは持たぬようにしていたのだがな、やはり旨い」

妙に、しんみりと言う。

「鰻断《うなぎだ》ちができるようになったと思えばよいではないか」

いくら義人だって、ひとつくらい好物があっても罰《ばち》は当たるまい、と思いつつ、泰郎はつづけた。

「おまえはこれまで、願掛けても、断つものがなかっただろう」

「うまいことを言う」

　空の丼と箸を置いて、義人は言った。

「では、今日を最後に鰻断ちをして、逢対に通うことにするかな」

　おや、と泰郎は思った。義人にとっては、逢対そのものが武家奉公ではなかったのか。それでは、ふつうに、武家奉公がしたくて逢対に通うことになってしまう。

「長坂様だがな」

　泰郎の不審をさえぎるように、義人が話を戻した。

「ただの若年寄ではない」

「ほお」

　そうと話が進めば、泰郎も本筋に注意を集めざるをえなかった。

「若年寄だけなら権勢もそこそこだが、長坂様は勝手掛《かってがかり》で、おまけに御側衆《おそばしゅう》の一人だ」

　語り始めると、義人の声には、土地勘を持つ者ならではの響きがあった。

「そうなると、幕閣のなかでも重みが変わってくる。平《ひら》の老中などよりも、よほど威勢がある。どうせなら、時流に乗っている人物のほうが得るものも大きかろう」

「なるほど」

「それにな。長坂様の御屋敷は俺もまだ伺っていないのだが、伝わってくる話によれば、なかなかの人物のようだ。齢はまだ四十の半ばだが、諸々弁《もろもろわきま》えていて、お人柄がよい、となる」

「そこまで分かるものなのか」

「逢対はお人柄が如実に出るものなのだ」

「ほお」

「たとえば、訪問客の待たせ方ひとつをとっても、皆それぞれにちがう」

「そういうものか」

「まずは記帳をするのだが、なかには、紙代を惜しむのか、その用意のない御家もある。これが訪問側には困る。行ったしるしが残らない。実際はすぐに故紙屋《こしや》に行ってしまうのかもしれぬが、訪問側にとっては、用紙に残した名前ひとつにも一縷《いちる》の望みを託しているものなのだ。お目にかかる時間はわずかで、通常は言葉を交わすこともないから、有《あ》り体《てい》にいえば、実際は記帳をしに行くという面もなくはない。それがないとなると、的のない矢場さながらになってしまう」

　泰郎は先刻の不審を忘れて聞き入った。

「次に記帳をしたあとの扱いだ。きちんと記帳の順番どおりにお目通りしていただければ、列をつくって並びつづけることもないわけだが、記帳の扱いがぞんざいだと、結局、行列をつづけるしかなくなる。俺はそれも鍛錬と心得ているが、冬場の未明、寒風にさらされながら立ちつづける一刻を、辛く思う者は多かろう。雨が加われば、なおさらだ」

「ああ」

だんだんと、鰻の味がしなくなる。

「ところが、長坂様の御屋敷では、待合所を新たに普請されたと聞く。記帳をすると、すぐに待合所に通され、床几《しょうぎ》に座って待つことができるらしい。冬場は火鉢が置かれ、熱い茶のもてなしもあるようだ」

「ずいぶんなちがいだな」

「いや、俺もかなりの数をこなしているが、いまだかってそんな御屋敷に上がったことはない。最初、耳にしたときは、引っかけと思ったほどだ。それにな、長坂様はよく皆の話を聞かれるし、また、話もされるらしい。それもまた珍しい」

「そうか」

泰郎もようやく、箸を置いた。

仲居がやってきて、水菓子をお持ちしてよろしいですか、と聞く。なんだ、と問うと、真桑瓜《まくわうり》です、と言うので、義人の顔をたしかめてから頼んだ。

「さる大物老中などは、凍《い》てつく朝に皆にかける言葉が『寒冷《かんれい》!』のひとことだけだ」

すぐに義人は話をつづける。

「今朝は寒いな、でも、冷えるな、でもない。最初は皆、すぐには意味が分からなくてな。寒冷の冷を、礼儀の礼だと勘ちがいして、なにしろ大物だから、なにか特別の礼をしなければならないのかと思ったらしい。かといって、当り前だが、そんな特別の礼などまったく思いつかん。誰か知ってるやつはいないかということで、みんなで顔を見回しつづけたそうだ」

「笑えんな」

「ああ、笑えん。逢対はな、笑えんことだらけだ」

ふっと息をしてから、つづけた。

「笑えんことだらけなのに、報われん」

声に自嘲の色が雑《ま》じって、不審がまた頭をもたげる。

「ところがな、長坂様への逢対に限っては、あるいは報われるかもしれん、という評判が立っている」

「報われる？」

「ああ」

「つまりは、出仕が叶うということか」

不審は再び隠れた。

「まだ噂の域は出んがな。そういうことだ」

「裏付けのある話ではないのか」

「こういうものは、表立って話が出るものではなかろう。逢対が出仕に結びつくなど十年に一度あるかないかのことだから、俺もたしかとは言えんが、たとえ、出仕が叶ったとしても、誰の引きでそうなったかを、当人が口に出すのは差し控えるはずだ。それでも、引かれた理由はともあれ、引かれた事実じたいは、結局は洩れ伝わる。噂では、二人が御役目を得たということだ。長坂様は若年寄に就《つ》かれてから二年と少しだ。事情を知らん者はたった二人と思うかもしれぬが、一年に一人というのは、逢対に励む者なら誰にとっても大事件だ」

義人が息をついだところで、仲居が真桑瓜を持ってくる。けれど、二人とも手はつけなかった。そのとき、口は食うためではなく、話すためにあった。

「つまり、こういうことだ」

義人はおもむろにつづけた。

「逢対に精勤する者たちが、報われんのに、なぜ日参するかといえば、そうするしかなかったからだ。無役の不安を抑えるために、通っていたと言ってもいい。有り体に言えば、気休めだ。出仕は無理と皆分かっているが、とにかく自分は精一杯がんばっていて、出仕の目だってまったくないというわけではないと思いたくて日参していたのだ。ところが、長坂様の登場で、この図式が変わった。ほんとうに御役目に就くことができるかもしれない、ということになった。こうなると、これまでの逢対とは、まったくありようが変わってくる」

話は思わぬ方向へ進んでいった。

「どんなにちっぽけな世界でも、長くつづけば、それなりの作法やしきたりめいたものが生まれてくる。逢対でもそうだった。ま、俺のように古くからやってる者が、そういう役回りを引き受けてきた。気休めがきちんと気休めになるためには、そういうものにも相応の意味があったのだ。ところが、もう、そんなものにはなんの取り柄もない。なにしろ、ほんとうに御役目に就けるかもしれんのだ。そこで、どう振る舞うべきかは、誰も答を持っていない。いわば、横一線だ。なんの展望もない代わりに、それなりに納まってはいた世界が崩れて、一人一人がなんとしても出仕が叶うよう躍起《やっき》になっている。まさに、逢対が始まって以来の大事件が起きているというわけだ」

そこで初めて、義人は切り分けられた真桑瓜に楊枝《ようじ》を刺した。

「実はな……」

ひと切れの真桑瓜を腹に送ってから、義人はつづけた。

「俺もその一人だ」

泰郎も釣られて真桑瓜を口に入れた。ひんやりと冷たいものが欲しかった。

「逢対そのものを、武家奉公と認めていた気持ちに嘘はない。十年このかた、ずっとそう己に言い聞かせてきた。しかし、出仕が現実のものに思えてから、否応なく気持ちが変わっていった。いまから思えば、これまでは、逢対で御役目に就くことなどありえないという諦《あきら》めが前提にあったのだろう。どうせ無理と分かっていたからこそ、無欲でいられた。ところが、無理ではないとなったら、とたんに欲が出る。なんのことはない。人となんら変わるところはなかったのだ。いまは、長坂様への逢対をなんとかがんばって、三人目になりたい、それだけだ」

そして義人は、泰郎の目を真っ直ぐに見て言った。

「おまえは先刻、俺を武家らしいとさんざ持ち上げてくれたが、事実はこのとおりだ。どうだ、幻滅したか」

「なんの」

即座に、泰郎は答えた。

「幻滅なんぞするものか。ここでがんばらない武家がどこにいる！」

義人こそ三人目にふさわしいと、泰郎は思っていた。


長坂備後守の上屋敷は、神田小川町《かんだおがわちょう》近くにあった。

逢対は二と八のつく日ということなので、早速、翌八日、夜明けよりも一刻前の暁《あかつき》七つに義人とともに門を潜《くぐ》ると、もう行列ができていた。

とりあえず並んで前のほうを見やれば、受け付けは七つ半からであるにもかかわらず、すでに二人の用人が整理のための木札《きふだ》を配っている。そのあいだにも訪問客は次々にやってきて、泰郎たちの後ろにも長い列ができた。

さほど待つこともなく、義人と泰郎のところにも用人がやってきて、札を受け取ってみれば、四十六番と四十七番だった。

なにげなしに、もう一人の用人が手にする盆の上に目をやると、札は残り三枚しかない。案の定、泰郎の後ろ三人目、つまりは五十番目で打ち切りが告げられた。

とはいえ、その告げ方は威丈高《いたけだか》ではなく、配慮あるものだった。未明とあって、行列に向かって声を張り上げたりはしない。せいぜい三、四人に届くくらいの声で、打ち切りの理由を説き、希望に応えられないことをいちいち詫《わ》びに回る。

「申し訳ござらんが、備後守は待合所に入る五十名に限って、逢対をお受けしております。それより多くなりますと、目配りが行き届かぬゆえでありますれば、なにとぞご容赦いただいて、本日はお引き取り願いたい」

そういうわけなので、不平はあってもひとことふたことで、行列は遅滞なくほどける。思わず、義人と泰郎は目を合わせた。たしかに、当主の人柄は、訪問客の待たせ方ひとつにも出る。

案内された待合所は本普請ではないが、木の香も新しく、十分に雨露をしのぐことができる。義人から聞いたとおり、腰を下ろす床几もたっぷり人数分並べられている。

入り口の受付で記帳をし、脇差《わきざし》を残して本差《ほんざし》だけを預けると、木札と同じ番号の札が下緒《さげお》につけられて、まちがいないかどうかの確認を求められた。たしかに四十七番で、相違はない。

たとえまちがえられたとしても、さしたる実害はないが、愛着はなくはない。刀がただ合戦場《かっせんば》で用いる道具にすぎなかった時代にひと束《たば》まとめて鍛えられた備前長船祐定《びぜんおさふねすけさだ》で、代付けをすれば下直《げじき》だろうけれど、けっしてわるいものではない。いわゆる数打物《かずうちもの》の割には、鍛錬はけっこう密だし、面構《つらがま》えだって不粋《ぶすい》一辺倒ではなく、遣《つか》い手の想い入れにも堪《た》える。

係の者の扱いは丁寧で、ちらりと奥を見ると、さながら道場の壁のように多くの刀架《とうか》がしつらえられていた。優に五十口《ふり》分はあるだろう。これなら取りちがえられることはあるまいと思いつつ、床几に向かった。

屋敷内の大広間に通されたのは、きっちり明け六つである。

ほとんど間を空けずに長坂備後守が入ってきた。

能吏《のうり》、の風情《ふぜい》である。

けれど、弱々しくはない。

羽織袴で、しかとは捉えられぬが、躰は鍛錬を忘れずにいるように見える。

意外にも、文武を兼ね備えた人物なのかもしれない。

目には力がある。

機知《きち》をも伝えてくる。

若年寄で、勝手掛で、御側衆であることにいちいち得心することができる。

ああ、これが幕閣に連なる者の居ずまいなのかと、泰郎は嘆じた。

これだけでも、来た収穫はあったと思える。ともあれ、これが、武家の三角形の頂点あたりの景色ではあるのだ。いま、自分は、武家を躰で識っている。

備後守は手抜きなく挨拶をしたあと、一昨日の大雷雨に触れた。六日の夕七つから暮れ六つにかけて激しい雷雨となり、本石町《ほんごくちょう》や小日向《こひなた》、吉原《よしわら》、金杉《かなすぎ》に繁く落雷して大きな被害を出した。皆様のお住まいはいかがか、と問い、もしも被害に遭われたらお見舞い申し上げると添えた。そのあと、居並ぶ訪問客に、自らを案内するよう求め、一番から順番に、名前と身分、あれば存念を言っていった。

最初は、皆、自らを語ることに慣れておらず、名前と身分だけを口にする者がつづいたが、半ばを過ぎた頃から、御役に立ちたいと存ずる、とか、御益《おえき》に寄与すべく努める所存であるとか、ひとことふたこと加える者が出てきた。

三十番台が終わって、四十番台に入った頃には、もうなにか言い添えるのが当り前のような雰囲気になってきて、はたして義人はどうするのかと思っていたら、名前と身分だけだった。先刻から義人はずっと、訪問客が唇をうごかしているときの備後守の顔つきを観察しているように見えた。おそらくは、なにか理由があって、存念を口にしなかったのだろう。

だから、泰郎も、やはり、名前と身分のみにした。もとより、泰郎は、武家を躰で識るために、そこへ来ている。義人に倣《なら》わずに、存念を語らなければならない謂《い》われはなにもない。

最後の五十番の訪問客は、自分はずっと献策の立案をつづけており、機会を得て、提案申し上げたいと踏み込んだ。済んだときには、朝五つが近づいており、皆様の存念は肝に銘じた、と備後守が締めくくって仕舞いとなった。

帰りに待合所の受付で木札を返すと、また、丁寧に照合してから本差が戻された。自分の備前長船祐定にまちがいなかった。

屋敷外へ出ると、義人はふーと大きく息をついた。

なにかを語るのかと想ったが、そうではなく、そのまま唇を閉ざして、表猿楽町《おもてさるがくちょう》の通りを筋違御門《すじかいごもん》方面へ歩いた。

泰郎も黙したまま歩を進めた。口に出したいことは諸々あるのだが、なかなか気持ちに添った言葉が見つからず、また、界隈は武家屋敷がずっとつづいており、知らずに、声にするのが憚《はばか》られた。

「いま頃は、登城の御支度の真っ最中であろうな」

義人がようやく言葉を発したのは、神田川を縁取《ふちど》る柳原土手《やなぎわらどて》の柳が目に入ってきた頃だった。

「よく、ぎりぎりまでおつきあいしていただけたものだ。幕閣にありながら、あれを月に六日、やるというわけか」

泰郎もそれを考えていた。若年寄の登城の刻限は朝四つと決まっている。幕閣の登城の支度であってみれば、朝五つには始めねば間に合うまい。

「ああ、なかなかできるものではない」

足は須田町《すだちょう》に差し掛かって、もうそこからは神田の町場《まちば》が延々と広がる。そのまま柳原土手を行けば、ほどなく江戸随一の盛り場である両国橋西詰《りょうごくばしにしづめ》に着く。辺りには下谷広小路と同じ匂いが漂い出して、泰郎は急に空腹を覚えた。

思わず傍《かたわ》らに首を回すと、義人と目が合って、同じ想いであることが伝わる。蕎麦《そば》でよいか、と問うと、笑みを浮かべながら、ああ、鰻断ちしたばかりだからな、と言うので、朝から暖簾《のれん》を出している杉屋《すぎや》という蕎麦屋に入った。ここいらで蕎麦を食うときは、一応、そこと決めている。

杉屋は、蕎麦切りはいまひとつだが、汁《つゆ》がめっぽう旨い。入れ込みの奥に席を取り、夏ではあるが、かけを頼んで鉢を傾けると、出汁《だし》の滋味《じみ》が腹に染み渡っていくようだった。

二人とも、半ばまで一気に手繰《たぐ》って、ひと息つく。義人はさらにひと口、汁を飲んでから鉢を置き、まだ昂揚《こうよう》を残す顔を泰郎に真っ直ぐに向けて、今日で俺ははっきりと確証を得た、と言った。

「やはり、二人が出仕したのは事実だろう。お人柄というのは、細かいところほど出るものだ。俺は、あの行列打ち切りの詫びの仕方にそれを見た。当人ならともかく、用人に、あそこまで配慮を徹底させるのは生半可《なまはんか》のことではない。御当主の並々ならぬ意志が伝わってくる」

「俺もそれは感じ取った」

泰郎もうなずいて、つづけた。

「待合所の受付の奥にあった刀架は見たか」

「いや」

「わざわざ壁にしつらえられていた。あれなら、取りちがえられようがない。幕閣にとっては、逢対など、ずっとつづいてきた習いゆえ、自分らで止めるわけにはいかんが、できればやらずに済ませたいのが本音だろう。ところが長坂様はあそこまで用意を調《ととの》えられる。お引立て云々は俺にはよく分からぬが、義人が言うように、十分に目配りしようという構えの現われとは見た。一事が万事、は断じて正しい」

「いまをときめく長坂様に、あそこまで気を入れていただいているのだ。こっちも、長坂様を上回る覚悟で逢対に臨まねばならん。俺はな、泰郎。腹をくくるぞ。実はな、俺のような古株は長坂様の逢対には顔を出しづらかったのだ。己が物欲しそうでな。しかし、これからは欠かさずに伺って、思い切り、存念を申し上げるつもりだ」

「それでか」

「なんだ」

「自らを案内する番が回ってきたとき、おまえはあえて存念を言わなかっただろう。それまではずっと長坂様の気配を読んでいた。あれはどういう意図で、言わなかったのだ。やはり、その長坂様を上回る覚悟というのが関わっているのか。この次に、なにを言おうとしているのだ」

義人はとたんに困惑したようだった。言うか言わぬか、迷う様子がありありと伝わって、結局、言った。

「それは、おまえの買いかぶりだ」

「買いかぶり？」

「ああ、とんでもない買いかぶりだ。なにしろ初めてのことで、緊張して、すっかり上がってしまってな。言おうとはしたものの、なんにも言えなかったのだ」

二人は声を立てて、笑った。


その二日後の朝、三枚橋横丁の泰郎の屋敷を、一人の武家が訪れた。

玄関へ応対に出た塾生の一人が、怪訝《けげん》な顔で、長坂備後守様のお使いの方とおっしゃっていますが、と伝えに来たときには、ただただ意外で、いったいどういうことなのだろう、と思った。

とりあえず客間に通して、考えを巡らせてみたのだが、思い当たる節があるはずもなく、ともあれ、当人に聞くしかあるまいと顔を出すと、武家の言上《ごんじょう》を耳にする前に、はっきりとその顔を思い出した。逢対の待合所の受付にいた家中だった。

しばし、一昨日の礼などを入れつつ挨拶を交わして、あらためて用件を聞けば、備後守が折り入って懇談の機会を持ちたいと申しておるので、突然の申し入れではなはだ恐縮ではあるのだが、本日、御城から戻る八つ半以降で時間を取っていただくことはできまいか、と言う。

とはいえ、懇談、と言われても、なにを懇談するのか、皆目、見当もつかない。どのようなお話でござろうか、と問うたのだが、さあ、それがしにも伝えられておりません、じかに備後守から聞いていただきたい、と答えるばかりである。

不審を抱えつづけるのも気色がわるいので、できるだけ早く、備後守が御城から戻るという八つ半に、小川町の上屋敷に参る手筈《てはず》になった。

いったい、どんな用件なのか、家中が屋敷を辞去すると、不審はさらに募《つの》る。

なにしろ、備後守と関わったのは、あとにも先にも一昨日の逢対だけである。それも、目が合ったのは、自らを案内するときのみだ。そのときだって名前と身分しか言わなかったのだから、いくら振り返っても、あれが今日の用件につながるはずがない。

それでも繰り返しあのときをなぞるうちに、待てよ、と思った。

小十人筋の身分を口にしたときに、自分は算学をやっていることを言い添えただろうか。

もしも、言い添えたとしたら、それが、あの日とこの日の唯一の接点になるかもしれぬという気になり、懸命になって記憶をたどって、そして、すぐに止めた。

算学者など、掃いて捨てるほどいる。

いや、自分のやっている算学だけは、他にやる者はいないが、それが備後守に伝わったとは考えられない。半刻かけたって説く自信がないのに、言ったか言わなかったか分からないような物言いで、それが備後守の記憶にとどまるわけもない。

そんなあやふやなことで、あの手抜きのない慎重な殿様が声をかけてくるはずがないではないか。

と、堂々巡りをしたところで、泰郎は、慎重か、と思った。

万事きっちりと慎重に物事を進める備後守のことだ。今日のことも、慎重さの現われにちがいない。それがなにかは分からぬが、いま備後守がやろうとしていることを慎重に進めるために、自分と懇談するのだろう。

となれば、懇談の用向きはまったく変わってくる。

おそらく、懇談して語るのは、自分のことではない。

きっと、義人だ。

義人とて、備後守に会ったのは昨日が初めてだが、なにしろ、義人は十六のときから毎日欠かさず、実に十二年、逢対をつづけている。

この世界で、知らぬ者はいない。

万事、抜かりない備後守であれば、当然、それは承知しており、一昨日は、義人の評判を、生身《なまみ》の義人に重ね合わせたことだろう。

そして、その結果、もしも義人を三人目にしてもいいという腹づもりになったとしたら、慎重な備後守は周りから探って、己の判断が妥当であるかどうかを検証するはずだ。で、まずは、同席した自分に、義人の人となりを問うてみようということになったのではないか。

都合がよすぎる、とは思わない。

第一に、自分を呼び出して懇談する理由が、義人のことの他に見当たらない。第二に、もしも備後守がほんとうに二名を出仕させたとしたら、その本気の眼鏡に義人がかなってもまったくおかしくない。堪え性も義人の程度までくれば天賦の才だ。この浮わついた文政の御代《みよ》だからこそ、義人の堪え性が貴重になる。算学とて、真理の探求に不可欠な資質は堪え性である。泰郎は幾度、義人の堪え性が自分に備わっていたら、と思ったかしれない。

そうと得心すると、泰郎は、とたんに八つ半を心待ちにした。

義人の役に立てるかもしれないのが嬉しかったし、それに、自分にとっては、武家を躰で識るなによりの機会になる。一昨日は五十人だったが、今日は権家を独り占めだ。本腰を入れて番入りを目指すにせよ、きっぱりと武家に見切りをつけて算学一本の暮らしに入るにせよ、今日が節目になるような予感さえした。

午八つに迎えの駕籠《かご》が来て、余裕をもって小川町に着いた。

八つ半に戻るとはいっても、なにしろ幕閣のことだから、ずいぶんと待つことになるのではないかと覚悟していたら、意外にも、鐘が鳴る少し前に、泰郎の待つ座敷に備後守は姿を現わした。

ひととおりの挨拶のあと、しっかりと顔を合わせると、一昨日とは打って変わって笑みに満ちていて、能吏の顔をどこかに置き忘れてきたかのようだ。なんで、そんな笑顔を向けられるのか分からず、それはそれで落ち着かない。

「突然の懇談の申し入れで、気を揉《も》ませたであろう」

「いささか」

「なので、まず、用件を先に述べることにするが」

それでも、話の持っていき方は能吏のもので、無駄がない。

「はは」

さあ、義人のことなら、なんでも聞いてくれ、と思いつつ、泰郎は構えた。

「長く待たせたが、お主を小十人組に推挙しようと考えておる」

「はあ」

「番入りだ。お主のな」

「それがし、でありますか」

どういうことだ。

「幾度も言わせるな。お主だ」

なぜ、自分なのだ。

なぜ、義人ではない？

ひょっとすると、取りちがえておるのではないか。

「ただし、頼み事がある」

頼み事？

「足下を見るようだが、こちらの頼み事を聞いてもらいたい。聞いてくれれば、番入りだ」

「どのような」

いまをときめく権家が、自分にどんな頼み事がある？

「お主の本差を譲《ゆず》ってほしいのだ」

「本差を？」

「あるいは、交換ということでもよい。お主が、うん、と言ってくれればすぐに持ってこさせるが、同じ備前の長船鍛冶《おさふねかじ》で、長光《ながみつ》や景光《かげみつ》というわけにはまいらぬが、真長《さねなが》のものがある。それと、お主の祐定と取り替えるということでも、こちらはかまわない。いいほうを選んでくれ」

備前長船の祐定と言うからには、自分でまちがいはない。

「率爾《そつじ》ながら……」

取りちがえているわけではないのだ、と思いながら、泰郎は言った。

「言ってくれ」

「真長と祐定では、代付けがちがいすぎまする。いや、そもそも比べようがございません。当然、交換するわけにはまいりません」

「儂《わし》の申し出は面妖《めんよう》か」

「恐れながら」

あの祐定の拵《こしら》えのどこかに、昔の財宝の地図が隠されているとでもいうのか。それでは、まるで戯作《げさく》ではないか。

「裏はなにもない。ただ、お主の持つ祐定がなんとしても欲しいだけだ」

「なにゆえに。まとめていくらの数打物でございます。備後守様の御執心に値するような代物ではないと存じ上げまするが」

「儂は刀剣を好む」

「は」

「それも、並の好み方ではない。言ってみれば、すれっからしだ」

「すれっからし、でございますか」

「ああ、世間で銘刀とされる打刀《うちがたな》には、まったくと言っていいほど惹《ひ》かれない。儂が魅了されるのは、数打物や束刀《たばがたな》と言われる駄物《だもの》のなかで、えもいわれぬ景色を映し出しているひと口《ふり》だ。つまり、お主の祐定のような真《しん》の業物《わざもの》だよ」

たしかに、数打物にしては景色が深いとは思ってきた。

「むろん、そんな珠玉とはめったに出逢えるものではない。それでも、逢対をやるようになってからは、この二年余りで二度、対面を果たすことができた。そして、今回が三度目だ。それゆえ、なんとしても手に入れたい。それでお主が譲ってくれるのであれば、この頭だって下げるつもりだ」

「めっそうもないことでございます」

若年寄は大名だ。

「ならば、譲ってくれるか」

「その前に、二点ほど、伺ってもよろしいでしょうか」

「なんだ」

「まずは、その二度の対面の際も、持ち主に御役目を与えられたのでございましょうか」

「むろんだ。そうして選んだとて、結果は大差ない。文政の今日、番方など単なる飾りだ」

ふっと息をしてから、泰郎はつづけた。

「次に、待合所の受付の奥にある刀架ですが、あれも、訪問客から預かった本差を、備後守様が吟味するために調えられたのでございましょうか」

「それも、むろんだ。逢対はな、受ける方は受ける方で、気がふさぐものなのだ」

「気がふさぐ……」

「考えてもみろ。出仕への期待ではちきれそうな奴らばかりを相手にしているのだ。少しでも意に添わないと、すぐに落胆して、この世の終わりのような顔つきになる。扱い方をひとつまちがえれば、こんどは逆に激昂《げきこう》して、方々で、あることないこと言われる。噂で止まればよいが、そのあることないことを、御城で政《まつりごと》に使う輩《やから》もいる」

言われてみれば、たしかにそうなのだろうと、泰郎は思った。

「訪問客にとって、逢対は気を張り詰める時間だろうが、こっちはこっちでぴりぴりのしっぱなしだ。なにか、息抜きがないと、とても持たん。儂にとっては、それが刀剣だ。今日はどんな打刀に出逢えるかと想うと、息が詰まる逢対もなんとかやり過ごすことができる。こっちにだって、それくらいの御褒美《ごほうび》があってもいいだろう」

刀剣への偏愛がそうさせるのか、目の前ですっかり地をさらけ出しているのは、いまをときめく長坂備後守なのだと、泰郎は思う。

「で、どうなのだ。譲ってくれるのか、くれんのか」

「申し訳ございませんが、譲りたくとも譲ることがかないません」

腹を決めて、泰郎は言った。

「なんと」

「実は、あの備前長船祐定は借り物でございます。自分の本差を研ぎに出すあいだ、友より借り受けました」

「まことか」

「はい、友の名は、北島義人と申します。一昨日もお邪魔しておりましたが、ご記憶でしょうか」

「いや、五十人からいる者を、いちいち覚えておられん」

「これより下がって、それがしからも伝えておきますゆえ、あらためて北島にお申し付け願えればと存じます」

それで十分だった。

なんでかは分からぬが、自分が踏ん切れたのは、はっきりと分かった。

「しかし、お主も欲がないな」

備後守がにやりと笑って言った。

「ま、それならそれでかまわん」

「は」

「友の刀な……」

・

下谷に戻って、事の次第《しだい》を話すと、義人は、甘えるぞ、と言った。

けれど、里のほうは、算学一本に絞って夫婦になりたいと告げると、えーっ、と言った。

「わたしは、あなたのお嫁さんにしてもらおうなんてちっとも思わない、って言ったわよね」

里は水屋《みずや》で沙魚《はぜ》を下《お》ろしている。

「ああ、言った」

「あなたとは赤ちゃんができるまでのおつきあい、とも言ったわよね。できたら、あなたとはさっさと別れるって」

皮一枚だけ残して頭を断ち、腹に包丁を入れて頭を捻《ひね》ると、すっと腸《わた》が抜ける。

「それも言った」

「覚えてるのね」

「ああ」

「覚えてるなら、いいの」

捌いた淡い朱鷺《とき》色の身を盛って、言った。

それからは、なんの返事もない。そのことに触れようともしない。とりあえず、まだ子供はできていないようだ。

しかし、義母になるかもしれぬとはいえ、もう、あの世の四万には負けない。

里にちゃんと、恋をさせてみせる。

妾暮らしなんぞよりも、本妻暮らしのほうがずっといいことを、しっかりと分からせてやるつもりだ。

つまをめとらば

幼馴染《おさななじ》みの山脇貞次郎《やまわきていじろう》が、屋敷の庭にある家作《かさく》を貸してほしいと言ったのは、上野《うえの》の御山《おやま》の犬桜《いぬざくら》がほころび始めた頃だった。

根本中堂《こんぽんちゅうどう》の西に根を張る犬桜は、かつては山内《さんだい》で最も早く、立春からふた月も経てば咲き始めたものだが、文化も十一年となれば、めっきり老いて、三月も末にならないと花弁を見せない。

あるいは、名桜《めいおう》と謳《うた》われた犬桜もそろそろ寿命かと気になって、深堀省吾《ふかぼりしょうご》が久々に御山へ足を向けたとき、まさにその老木の下で、長く無沙汰《ぶさた》していた貞次郎にばったりと出逢ったのだった。近況を語り合うなかで、省吾がいまも昔と同じ下谷稲荷《したやいなり》裏に住まっているという話になり、その流れで、空いている家作があることを、語るともなく語ると、とたんに貞次郎は考える風になり、そしてすぐに、ならば俺に貸してくれんか、と申し出た。

「実は、数年前に隠居してな」

貞次郎は言った。たしか自分と同《おな》い齢《どし》だから五十六のはずで、隠居するにはちと早いような気もしたが、自分も隠居しているのだから他人《ひと》のことは言えない。

「いまは、下谷広小路《ひろこうじ》に近い御成道《おなりみち》裏で、小さな貸本屋をやっておる」

上野は聖堂や勧学寮があったために古くから書店があり、とりわけ御城と御山を結ぶ御成道沿いには多くが集まっていた。貞次郎も、そのうちの一軒の店主に収まったということなのだろう。

「いや、貸本屋とはいっても、好きが嵩《こう》じて知らぬ間に集まった本を虫干ししているようなもので、ま、手慰《てなぐさ》みだ。とはいえ、毎日、通ってはいるので、いま住まっている牛《うし》込《ごめ》からだと、近頃はいささかこたえる。下谷か神田あたりで適当な空き家がないかと、かねてから物色《ぶっしょく》しておったのだ」

いまの住まいが牛込というのは初耳だったが、なにしろ貞次郎とはここ十年以上も顔を合わせていない。聞けば、八年前に養子に迎えた跡取りのできがよく、御勘定所《おかんじょうしょ》の筆《ひっ》算吟味《さんぎんみ》に受かってほどなく御勘定となり、拝領屋敷を頂戴して下谷から牛込に移ったということだった。

「その跡取りが去年、世帯を持ってな。ま、嫁ともどもよくはしてくれるのだが、やはり、義理ではあるし、俺もまだ老いぼれというわけではないので、一人で気ままにやりたくもある。それに、なんといっても、見世物《みせもの》と遊び場に囲まれて大きくなった下谷育ちには山手《やまのて》の牛込の水は合わん。御成道裏の店に通うにつれ、できたら下谷に戻りたいと思っておったのだ。とはいえ、なかなか踏ん切りがつかんでな。そういうところへ、今日、おまえと出逢えたということだ。これぞ縁というものだろう」

そうはいっても、貸すのは本ではなく家作だ。話だけで決められるはずもなく、それなら、ともかくこの足で家作を見てみるか、と持ちかけると、おう、それがよいと二つ返事で応じて、下谷稲荷裏へ向かった。御山から下谷稲荷までは、ま、山内の御堂から御堂へ移るほどの道のりにすぎない。

下谷は一年を通して賑《にぎ》わっているが、やはり、花見の季節はもう下谷全体が沸き立つ。山内を覆い尽くす桜の生気が御山の坂を伝って袴腰《はかまごし》から広小路へ、不忍池《しのばずのいけ》へ、山下《やました》へと広がり、仏店《ほとけだな》や肴店《さかなだな》、提灯店《ちょうちんだな》といった路地の隅々まで嘗《な》め尽くす。誰もその華《はな》やぎから逃《のが》れることはできない。

貞次郎も、御山を車坂門《くるまざかもん》であとにして、浅草《あさくさ》へ抜ける広徳寺《こうとくじ》前の通りへ分け入り、下谷稲荷に着くまでのあいだずっと、やはり下谷はよいな、と晴れやかな声で繰り返した。そして、柾《まさき》の生垣に囲まれた百七十坪ほどのささやかな省吾の屋敷の門をくぐって、家作の濡れ縁に腰をかけると、目を輝かせて言った。

「ずいぶんと新しいではないか」

「地貸しをしていた儒者が、三年前に建てたのだ。門下生が急に増えたらしくて、ここでは手狭になり、先月、他へ移った。で、上物《うわもの》を買い取ったというわけだ」

「まだ木の香までするようだ」

そう言って、春の光を躰《からだ》いっぱいに吸わせるように伸びをする。

「気に入ったか」

「ああ、気に入った。俺は決めたぞ」

いきなり、きっぱりと告げた。

「なかをたしかめなくてよいのか」

「無用だ。いつから入れる？　少々あわただしいが、明日からでもよいか」

それにつけても急な申し出に、省吾が戸惑いつつも、こっちは明日からでもかまわんが、と答えると、貞次郎は、実はな、と言ってからつづけた。うららかな陽気に、唇もゆるんだようだった。

「この齢になってなんだがな、世帯を持とうと思っておるのだ」

「まことか」

省吾の知る限り、貞次郎が嫁を娶《めと》ったことはない。顔を合わせなかったここ十年は知らぬが、八年前に養子をとったということは、少なくともそのときまではやはり独り身を通していたのだろう。醸《かも》す雰囲気からはその後も縁づいたとは思えぬし、もしも、この家作が新居になるとすれば、貞次郎は五十六にして初婚ということになる。

「まだ、決めたわけではないのだがな。ま、よしんばそうなっても、祝言《しゅうげん》など表立《おもてだ》ったことをするつもりもない。人別《にんべつ》だけは入れて、二人で静かに暮らしていければそれでよいと思っている。つまりは、そういう含みもあるわけだが、よいか」

「むろん、なんの問題もない」

答えながら、省吾は、ほんとうにそうなればよいと思っていた。

実は、犬桜を見上げる貞次郎と出くわしたときから、ずっと似たようなことばかり考えていたのだ。

貞次郎のいまの暮らしがつつがなく、なんの憂《うれ》いもないものであってくれればよいが、と。

言葉のとおり、よい伴侶を得て、貞次郎が穏やかな晩年を手に入れてくれれば、積年の胸のつかえも下りようというものだった。


省吾は貞次郎に借りがある。たぶん、二つ借りがある。

たぶん、と言うのは、ひとつははっきりしているが、もうひとつのほうは、ほんとうに借りになったのかどうか、定かではないということだ。風の便りに耳に届いて、その真偽をたしかめぬまま今日に至っている。

はっきりしているほうの借りは、子供時分のいじめである。

世に出るためには諸芸が大事ということで、当時ですら朝から日暮れまで、諸々《もろもろ》の稽古で一日を埋める幕臣の子弟も珍しくなかったが、省吾たちはといえば、町場《まちば》の子供たちに負けじとつるんで、下谷中を一団となって遊び回っていた。

なにしろ、下谷は広小路といわず山下といわず、至る処《ところ》に興行が立つ、年中が祭りのような土地だ。おまけに、目ぼしい路地のあらかたには、ケコロの呼び名で知られる娼《しょう》妓《ぎ》が張り見世《みせ》をしていて、路地から路地へと走り抜ければ、子供心にも浮き立った気分が伝わってくる。知らずに足は街へ向かって、門を出るとすぐに屋敷を忘れた。

なかでも、絶好の遊び場となったのが、掃いて捨てるほどある寺や塔頭《たっちゅう》で、ありがたい菩薩《ぼさつ》や如来《にょらい》の像さえ遊具となった。いつの間にか餓鬼大将に収まった省吾が、いつの間にか使いっ走りに収まった貞次郎に、仏像の肩から跳び降りさせたり、御堂に閉じ込めたりしたことは数知れない。そのたびに貞次郎は盛大に泣いたが、その頃の省吾には、なんで泣いているのか分からなかった。

もっとも、それから何年か経って、十歳を幾つか過ぎると、省吾はあっという間に背丈でも身幅でも貞次郎に追い抜かれ、その上、通い始めた剣道でも、四本に一本くらいしか取れないことを知らねばならなかった。時とともに、人も自分も変わるのだという ことを、最初に学んだのがあの頃だ。

少年になった省吾は、貞次郎から子供時分の仕返しを受けることを覚悟したが、しかし、貞次郎の様子はなんら変わらず、省吾がようやく四本の一本をとると、掛け値なしの顔色で、やっぱり省ちゃんは強いなあ、と言うのだった。子供の頃のいじめと、仕返しをされなかったことを合わせて、省吾の借りだ。

もうひとつの、定かではない借りのほうは、時をずっと下り、二人が共に四十を過ぎて、貞次郎がまだ下谷にいた最後の頃のことで、語るといささか長くなる。

元々の始まりは、佐世《さよ》という二十歳《はたち》の娘が省吾の屋敷に下女《げじょ》の奉公に来たことだった。奉公人を斡旋する人宿《ひとやど》の手代《てだい》に連れられてきた佐世をひと目見たとき、屋敷の当主になっていた省吾は、これは断わらなければならないと思った。

なにしろ佐世は、罪のない童女のような顔を、罪ではちきれそうな躰の上に乗せていたからである。首の上と下との落差はあまりに大きく、いきなり目《ま》の当たりにすることになった省吾は、思わず自分が視姦をしているような気にさせられ、知らずに目《め》を逸《そ》らしたほどだった。

当時、まだ作事《さくじ》下奉行《したぶぎょう》の御役目に就《つ》いていた省吾の屋敷には、中間《ちゅうげん》でもあり下男でもある一季奉公の男が二人いた。ただでさえ、奉公人どうしに、恋事《こいごと》は付き物だ。表向きは禁じられているのだが、お題目の最たるものであり、逆に、禁じられているからこその恋事ともなる。もしも佐世を雇い入れれば、乾き切った枯れ野に火を放つようなものであることは明々に過ぎた。

他人事でもなかった。あるいは奉公人どうしの恋事以上に、屋敷の主《あるじ》と下女の恋事もまた付き物であり、周りを見渡しただけで、下女と子をなした当主の名を幾つか挙げることができる。省吾がその一人にならない保証はなにもない。実際、佐世を目にした省吾は、一盗二婢《いっとうにひ》とはこのことかと嘆《たん》じたものだ。

そのとき、省吾が多少なりとも冷静でいられたのは、別に人格者だからというわけでもなんでもない。ちょうど三度目の妻の紀江《のりえ》と離縁をしたばかりで、その理不尽な後始末に悩まされていたからであり、もしもそうでなければ、二つ返事で雇い入れたにちがいない。

　ともあれ、省吾は断わった。本心を押し殺して、断わりの言葉を並べた。すると、とたんに佐世の垂《た》れ気味の大きな目に涙が湧いた。そして、朝露が葉を転がる音があるとすればかくやと思える声で、どうぞ、お願いいたします、使ってくださいませ、と言ったのだった。その声を聞けば、もう省吾も堪《こら》えようもなかった。

　それからの深堀の屋敷は、はっきりと佐世を軸に回っていった。

　一年限りの一季奉公で、やる気のなさを隠さなかった二人の男は、躰のさばきにはっきりとめりはりが出て、とりわけ佐世と同じ齢頃の弥吉《やきち》は顔つきまでしゃんとなった。元服を終えて間もない深堀家の惣領《そうりょう》の辰三《たつぞう》はにわかに色気づいて、己《おのれ》の見てくれを気にするようになったし、用事にかこつけて屋敷に立ち寄る男の親類や知人友人も急に増えた。

　一人だけ関わりなかろうと思っていた飯炊きの銀《ぎん》婆さんさえ、張り合うわけでもあるまいが、心持ち背筋が伸びたように見えた。

　幸か不幸か、省吾だけは離縁の後始末が尾を引いて、それどころではなかった。

　離縁の理由は、省吾よりも十八歳下の紀江の不義で、御定法《ごじょうほう》どおりに処そうとすれば、相手もろとも成敗しなければならなかった。妻仇討《めがたきう》ち、である。

　省吾にしても、そうしたい気持ちがまったくないわけではなかったが、人の命を二つ取るほどのことでもなかろうという理《ことわり》のほうがまさって、そこを堪えた。

堪えて目をつぶり、去り状に必ず入れなければならない離縁の理由にも、「不義」とも「不埒《ふらち》」とも書かなかった。紀江の今後の支障にならぬよう、「互いの縁これなく」という、しごく穏便な文句をしたためた。堪えるからには半端《はんぱ》に堪えるのではなく、己を御《ぎょ》し切らねばならぬと戒めた。

ともあれ、それで始末がついた、と思ったのは省吾だけだった。

紀江の実家が、輿入《こしいれ》のときに持参してきた土産金《みやげがね》の二十両の返還を求めてきたのである。

たしかに、離縁に至ったとき土産金を返すのは世の道理である。しかし、妻の不義による離縁では、例がない。慰謝料として相殺されるのが常である。

それに、省吾は二十両を深堀の家の活計《たつき》に使った覚えがない。土産金には手を付けずにそのまま紀江に預けた。どこをどうやっても、返す謂《い》われは見当たらない。

見当たらないが、省吾は応じた。事情を知る者は馬鹿かと口を揃えたが、土産金を返したくないがために、妻の不義に見て見ぬ振りをしたと思われては、己の一分《いちぶん》が立たなかったのである。

とはいえ、家に二十両はなかった。十両もなかった。結果として、分割しての返済を頼まざるをえなくなった。それからは、分割の時期とその間の利子をどうするかの交渉《こうしょう》事《ごと》になって、いやが上にも煩《わずら》わしさが募《つの》り、つくづくうんざりとした。

男と女の、厄介ではあるが人臭くはある問題が、すぐに乾き切った金銭の問題に掏《す》り替わるのを学んで、笑顔のひとつにも値札が下がっているような気にさせられ、女への興味そのものを失いかけていた。

いかに佐世が、省吾の周りをひらひらと蝶のように舞っても、色香《いろか》に迷う余裕はまったくなかったのである。

だから省吾は独り、佐世という極上の蜜に群がる蜂たちの様子を遠くから観ていた。当時の省吾の目には、その蜜にはたっぷりと毒が溶けて見えた。喜んでその毒を嘗めようとする男は止めるべくもないし、それもまたひとつの人生ではあるのだろうと思うことにしたが、ともあれ、最初の妻だった幾《いく》との子である、跡取りの辰三だけは蜜に近づきすぎぬよう、注意を払いつつ日々を送っていた。

そんなとき、長じてからはずっと縁遠くなっていた貞次郎がなにかの用で屋敷を訪ねてきて、省吾は少しほっとした。ようやく、佐世との絡《から》みで気をつかわずに済む人間と話ができると思ったのである。貞次郎は若い頃から女嫌いで通っていて、いくらけしかけても一向に近づこうとしなかった。

「俺のような御勤めを長くやっていれば、そんな気にはなれなくなる」

ある日、なんで世帯を持とうとしないのだ、と問うた省吾に、貞次郎が言ったことがある。

「女がかわいいなどとは、とうてい思えなくなるのだ」

貞次郎はずっと、広敷添番を務めていた。大奥の玄関ともいうべき広敷にあって、なかへの用がある御老中らの腰の物を預かり、外への用がある御年寄《おとしより》をはじめとする御女中たちの供をする。

「俺たちのような下僚《かりょう》には、大奥の女たちも素顔をさらけ出す。まるで、そこに俺がいないかのように振る舞う。その変わり身にも、また素顔にもげんなりとするが、もっと耐えがたいのは、同じ広敷添番の同僚たちだ。口を開けば、俺は誰それの年寄や中﨟《ちゅうろう》に気に入られているという類《たぐい》の自慢話になる。それも、聞けば、たあいないものばかりだ。いつもより長く日和《ひより》の話をしてくれたとか、家族のことを尋ねてくれたとか、そんな些《さ》細《さい》なことで一喜一憂する。大の男が、それしか話すことがないかのようだ。俺もいずれああなるのかと思うと、ぞっとする」

案の定、貞次郎は、佐世が茶を運んできて、北の壁際《かべぎわ》の霜をも一瞬で溶かすような笑顔を向けられ、あの朝露の転がる声で、いらっしゃいませ、と言われても、顔色ひとつ変えなかった。省吾はその様子を見て、若い貞次郎と再会した気になったものだった。

子供の頃は毎日のようにつるんでも、然《しか》るべき齢になって御役目に就けば、そっちの交わりのほうが優先する。省吾と貞次郎も例外ではなく、同じ下谷とはいっても屋敷が少なからず離れていることもあって、ずっと疎遠《そえん》になっていた。けれど、そこが幼馴染みで、長年の時の隔《へだ》たりも、ひょんな調子でたちどころに消え失《う》せる。省吾はあらためて、変わらぬ友を発見したような気がして、だから、そのあとに貞次郎が二度、三度と、所用のついでに屋敷に立ち寄っても、佐世と結びつけずに済ますことができた。

そのように、深堀の屋敷に流れる時がぎこちなく進んで、佐世の引き起こした波が行って還《かえ》ってを幾度か繰り返し、ようやく落ち着きかけた頃に事件は起こった。

佐世と中間の弥吉が、心中を図ったのである。

なんで、そういう流れになったのかは分からない。

ふつうに考えれば、佐世を巻き込んだ弥吉の無理心中と思えるが、ほとんど無傷と言ってもよかった佐世はなにも語らず、深々と腹に短刀を刺した弥吉は二日二晩、悶《もだ》え苦しんでから逝《い》った。近年、評判を取っている紅毛外科《こうもうげか》の医者を呼び、できる限りのことをやったのだが、どうにもならなかった。

御定法では、心中は重い罪である。たとえ不義の間柄ではなくとも、心中をすれば密通の科人《とがにん》として処罰される。生き残っても死罪、そうでなくとも非人手下《ひにんてか》だ。今回の始末を御番所《ごばんしょ》に預ければ、あるいは取り調べによって心中の真相が明らかになるのかもしれないが、しかし、それは佐世の酷《むご》い定めと引き換えなのだった。

だから、省吾は町方には届けず、己の手限《てぎ》りで処することにした。武家屋敷の垣根内《かきねうち》においては、当主が奉公人の非違《ひい》を弾正《だんじょう》する。己の妻の不義を咎《とが》めなかった者が、奉公人の心中を責めてよいわけがない。省吾は佐世を罪に問わず、奉公を解いて、出てきた川越《かわごえ》の在方《ざいかた》に帰すことにした。

貞次郎に、定かではない借りができたとすれば、これからだ。

屋敷から佐世の姿が消えるとともに、男たちの姿も消えていった。そのなかに、貞次郎もいた。

省吾と貞次郎の関わりは、再び、子供の頃には近しかった四十男のそれに戻り、日々の雑事に貞次郎の名が埋もれかけた頃、佐世が郷《さと》に帰っていないという噂が届いた。

そして、佐世がその後も江戸にいて、こんどは貞次郎と心中を図ったという噂がつづいた。どちらも命に別状はなく、屋敷内の一件だったので、なかったものとして始末されたとのことだった。

最初は、埒《らち》もないと思った。

よりによって、あの貞次郎が相対死《あいたいじに》の片割れになるはずがないではないか。おまけに、相手は佐世ときている。

噂とは元々、そういう無責任極まるものであるとは分かっていても腹立たしく、耳に入らなかったことにしなければならないと己に諭《さと》した。

しかし、そのうちに、そういうこともなくはないような気がし出した。

佐世の顔と躰の落差はあまりに分かりやすく、逆に、浮き世離れしていると言えなくもない。現《うつつ》の女というよりも、草紙のなかの女のようなのである。ずっと女と縁がなかった、というよりも現の女との縁を拒んできた貞次郎には、むしろ、近しさを感じやすかったのではなかろうか。

一方、佐世にしても、女への執着を見せない貞次郎にはほっとできたはずだ。とりわけ、あのような事件を起こしたあとである。もしも近づくとすれば、男を意識させない男を選ぶかもしれない。

考えるほどに、省吾の胸の内で噂は噂ではなくなり、そして、もしも、噂がほんとうだとしたら、その一因は自分にもあるのだと思った。

自分が佐世に責めを問うて、その身を自由にしなかったら、まちがいなく、そういうことにはならなかった。

貞次郎の屋敷まで出向いて真偽をたしかめるべきか否か、省吾は迷った。

いま貞次郎がどういう状態にあるのか、常に気に懸かってはいた。が、知るのが怖くもあった。もしも、そこに男と女の深みに通じる口が開いていたとしたら、その膳立てをしたのは自分なのである。

一方で、ああする以外にどんな手立てがあっただろう、という想いもあった。ならば、佐世を御番所に差し出せばよかったのか。それはそれで、ありえんだろう。いまでも同じ状況になったら、きっと同じ判断をするにちがいない。

ちょうど、紀江の土産金の分割返済の二回目が迫っていた時期だった。金策に走り回らなければならないことにかこつけて、頭から貞次郎を消した。自分も諸々に煩わされていて、それどころではないのだと思うことにした。

そうこうしているあいだに、貞次郎の姿は下谷から消えたのだった。

犬桜の下で出逢ってから五日目に、貞次郎は越してきた。

明日にも移ってくるような口ぶりだったが、明日ではなかった。

女と一緒に入ることを匂わせてもいたが、貞次郎一人だった。

傍《かたわ》らに目をやっても、世帯を持つつもりの女の姿はなかった。

尋ねようかとも思ったが、ま、それはおいおい、と思い直した。あれはなしになった、という類の返事を、いきなり聞きたくはなかった。

すぐに目についたのは、大量の本だった。

「御成道裏の店は、床店《とこみせ》と変わらぬ造りなのでな」

貞次郎は言った。

「ぜんぶはとても置き切れんのだ」

思わず、省吾は積まれた本の一冊を手に取った。

しっかりと学問を伝える、物之本《もののほん》だった。

実は、省吾は、いまの生業《なりわい》を通じて、貸本屋とも縁がある。だから、貞次郎が貸本屋をやっていると聞いたときは、なんの疑問も持たずに地本《じほん》の類と了解してしまったのだが、それは単なる自分の思い込みと分かった。

手にした本は、五巻揃えの一巻で、表紙に刷られた「算法天生法指南《さんぽうてんしょうほうしなん》」の文字からすると、算学の本らしい。指の腹に少し埃《ほこり》がついて、省吾は、いまの、五十六歳の貞次郎の実《じつ》に初めて触れた気がした。

犬桜の枝を見上げる貞次郎は、どこか写し絵のように見えた。

言葉を交《か》わして近況を述べ合い、肩を並べて下谷稲荷裏へ向かう路《みち》すがらも、その想いは拭《ぬぐ》い切れず、そうと語ればまるで生霊《いきりょう》になってしまうが、ほんとうの貞次郎はここではないどこか別の場処にいて、そのほんとうの貞次郎の想いが、目の前の貞次郎を動かしているような気がした。

けれど、算学の本に触れた指を鼻に持っていくと、しっかりと埃臭く、ああ、この本の片づけをしている男はたしかに貞次郎なのだと思うことができた。こいつは写し絵でもなんでもない。生身《なまみ》の男だ。

「算学の本が多いな」

これからは立ち入った話《こと》も聞いていこうと思いながら、省吾は言った。

「ああ、ま、算学の貸本屋ということにはなっておる。算学だけ、というわけではないがな。それでは商売にならん」

本の山に目を向けたまま答える貞次郎に、省吾はつづけて問うた。

「おまえも算学をやるのか」

この前、店にある本は、好きが嵩じて知らぬ間に集まった、と言っていた。ならば、貞次郎が嵩じるほどに好きなものは、算学ということになる。

「うん、まあ、名もない流派ではあるが、一応、師範ではある」

「ほお」

算学には流派があり、家元制度をとっていることくらいは知っていた。貞次郎は謙遜しているが、師範というからには、昨日や今日の余技ではなく、研鑽を積んできたということなのだろう。

「いつからやっていたのだ」

「そうだな……」

貞次郎は初めて本から目を離して、遠くを見るようにしながらつづけた。

「広敷添番の御役目に就いてほどなくだから、もうかれこれ三十年にはなろう」

「そんなにか」

ならば、二十代も半《なか》ばに始めたということではないか。しかし、いくら記憶をたどっても、算学をやる貞次郎は浮かび上がってこなかった。

「また、なんで、算学だったのだ」

「きれいに言えば、あの魑魅魍魎《ちみもうりよう》の巣から、いちばん遠い処に行きたかった、ということになるのだろうがな……」

目はまた、本の山に戻っていた。

「しかし、ま、本音は、とにかくやってみたかった、というところだろう。また、ちょうどその頃、うちの流派と算学の主流派とのあいだで大論争が始まってな。なにやら、おもしろそうでもあったのだ」

「ほお」

算学でも、そういうことがあるのだと思いつつ、省吾はつづけた。

「門外漢の俺が聞いても、どんな論争だったのかは、とんと分からんのであろうな」

「そうではあるが、そうでもない。論点は算学の問題であるようでいて、実のところは人としての感情の問題だったのだ。だから、おまえでも分からなくはないが、語ったとて、あまりおもしろい話ではない。そこいらにいくらでも転がっている、ありきたりの話だ」

そのとき、別の本の山が崩れ、雪崩《なだれお》落ちた本が周りの山をも壊して、貞次郎はそっちのほうへ躰を向けた。

「そのときはまだどっちの流派も選べたのだろう。なんで、その主流派のほうではなかったのだ」

「そりゃあ、喧嘩に加勢するなら、弱いほうと決まっているだろう」

両手は動かしながらも、即座に答えた。

「それに、そのときはまだ勘だがな。算学の論点で言えば、うちの家元のほうが相手よりも正しい気がした。いまになってみると、それはまちがっていなかった」

貞次郎はもう写し絵どころではなく、ずしりとした重みをもって、そこにいた。

「おまえがさっき手にしていた『算法天生法指南』な」

貞次郎はつづけた。

「うちの家元が書いたものだ。名著と言っていい。小手先を改めたのではなく、これまでの枠組《わくぐみ》を変えた。おそらく、後世の算学史に残るだろう」

「ああ」

声が澄んで聞こえた。

「算学は楽しいか」

「ああ、楽しい。浮き世を忘れる」

「やはり、問題を解けたときが気持ちよいのか」

「解くのも気持ちよいが、もっと気持ちよいのは、よい問題をつくることができたときだ。こいつは爽快だ。すっと気持ちが突き抜ける。なんといったらよいのか、見上げる空とな、己が一つになれた気がするのだ」

「空と、一つにな……」

そうと話を聞いてくれれば、算学は貸本屋の世過ぎなどではなく、貞次郎という男の骨《ほね》組《ぐみ》を組んでいるではないかと、省吾は思った。

なのに、自分が算学と向き合う貞次郎をまったく知らなかったのが意外だった。

たしかに、貞次郎と毎日のように顔を合わせていたのは、せいぜい十四、五の頃までだ。二十歳くらいまでは、それでも折に触れて会う機会もあったが、二十代も半ばを折り返してからは、滅多に言葉を交わすこともなくなった。

だから、知らなくても無理もないとは言える。しかし、そうはいっても、まったく没交渉というわけではなかった。とりわけ、佐世が屋敷にいた頃などは、幾度となく訪ねてきていたのだ。知らなくてもおかしくはないが、知っていたっておかしくはない。

「ところで、俺は昔、おまえが算学をやっていることを聞いていたか」

貞次郎が話さなかったのか。あるいは、聞いても耳に入らなかったのか。単に忘れてしまったのか……。

「さあな。話した気もするし、話さなかったようでもあるし。いまとなっては分からん」

貞次郎は本の山をつくり直して、手をぱんぱんと払った。積み上げるついでに、並べ替えもしたようだが、むろん、どういう順序なのかは分からなかった。

「俺はおまえのことをなにも知らなかった、ということだな」

目の前の貞次郎は、並べ替えられた本の山のようだった。以前と同じようでいて、まったく変わっている。

「お互いさまだ」

省吾に顔を向けて、貞次郎は言った。

「俺も、おまえのことをなにも知らん」

そして、つづけた。

「おまえが俺を知らん以上に、俺はおまえを知らん。いま、なにをしているのか、なんでそういう仕儀に至ったのか。俺はいまそれを語ったが、おまえはまだなにも語っておらん」

「たしかに、そのとおりだ」

言われれば、犬桜の下で会ってから、聞くばかりだった。問われなければ話さぬ癖が、身に付いている。

「話す気はあるか」

「別に隠すつもりはない。自分のほうから人に話すほどのことでもないと思っているだけのことだ。問われれば、話す」

「そうか。では、聞こう」

貞次郎はおもむろに言った。

「いま、なにをしておる」


問われれば話す、とは言ったものの、いざ話そうとすると唇が重くなる。

小禄幕臣の身の上など、誰も関心はない。問われ馴れていないので、話し馴れてもいないのだ。

一度、本気で問われたと思えたことがあって、その気になって語り出したら、話の取っかかりに入る間もなく迷惑げな顔をされた。そんな記憶が唇を重くする。

いまの生業になってからは、少しずつ問われる機会も増えてはきたが、ま、それは相手も仕事だからだろう。仕事となれば語りもするが、仕事抜きだと、どう語ってよいか分からない。はて、どうしたものか、話すとしたらなにから話すか……思案する省吾に、貞次郎は言った。

「その前に、ひと息入れよう」

言うが早いか、すっくと立ち上がる。

つかつかと、四月に替わったばかりの陽《ひ》が降り注ぐ濡れ縁に足を運び、庭に顔を向けて座した。

釣られて省吾も濡れ縁に行き、並んで腰を下ろす。

きっと、面と向かわぬほうが話しやすかろうという配慮なのだろう。

こんなに細かいことに気のつく男だったかと思いつつ、省吾は唇を動かした。貞次郎の心配りが、口を軽くした。

「俺の嫁運《よめうん》がわるいのは、承知しておるか」

「だいたいはな」

その曖昧な答え方さえ意外だった。ほとんど、なにも知らないものと思っていた。

「まともに死に別れることができたのは、最初の妻の幾だけだ。俺が二十六、幾が十八で一緒になって、翌年、惣領の辰三が生まれた。ああ、辰三はいま徒目付《かちめつけ》をやっていて、ここからも遠くない下谷《したや》御箪笥《おたんす》町《まち》の組屋敷で暮らしておる」

「そうか、あの辰三がな」

「俺の話は長くなりがちだが、こんな語り方でよいか。おまえに、いまなにをしているのかを尋ねられたのは承知しているが、そもそもから入らないと、うまく説明しづらいのだ。しかし、まどろこしいようなら、話を急ぐことにするが」

「おまえの話しやすい話し方でよい」

「ならば、つづけさせてもらうが、幾とは三十のときに風病《ふうびょう》で逝かれるまで十二年を共にした。というと、幾とだけは真っ当に連れ添うことができたようだが、けっしてそうとも言えんのだ。辰三の二年後にできた次男の竹松《たけまつ》を四歳のときに麻疹《はしか》に奪われてな。その頃から幾の様子がおかしくなって、やたらと物を買うようになった。それも、地元の松坂屋《まつざかや》はおろか、日本橋駿河町《にほんばしするがちょう》の三井《みつい》呉服店《ごふくだな》でも御得意様扱いされる始末だ。しかし、それで気持ちが癒《いや》されるならと、俺は幾の好きにさせておいた」

目は、真向かいの梅の木に預けている。梅は花期を終えて、実を肥《ふと》らせつつある。小禄幕臣の庭は、見る庭ではない。収穫するための庭である。

「ちょうどその頃、俺は作事下奉行に就いてな。知ってのとおり、作事下奉行は下吏《かり》ではあるが、余禄の大きい御役目だ。それで、最初のうちはなんとかなった。しかし、そのうち余禄なんぞではまったく追いつかなくなった。仕方なくこっちから出入りの者たちに賂《まいない》を強《し》いるようになって、あげくはお決まりの借金地獄だ。あのとき俺は四十の手前だったと思うが、五十六になったいまでもそのときの借金を払いつづけている」

「ご苦労だ」

「いや、借金はまだいいのだ。辛かったのは賂だ。それまではあってはならぬことと自戒しておったので、初めて自分から求めたときは、胃のあたりが硬く締まって、ぎゅっという音が聞こえてきそうだった。繰り返すうちに血を吐いてな。こいつは駄目だと思って止めてから借金は膨れ上がったが、血は吐かなくなった。こんな話で、退屈ではないか」

「気づかい、無用だ」

「二度目の豊《とよ》については、ほとんど語ることがない」

省吾は腹をくって、再び話し出した。どうやら、貞次郎は座興《ざきょう》ではないようだ。ここまで話したからには、もう、行けるところまで行くしかなかろう。

「幾と死別してから一年後に嫁にもらったのだが、屋敷に入るなり躰の具合がよくないと言って寝込んでな。あげく、三日の後には実家へ戻ってしまった。それっきり音沙汰がないので、十日も経った頃に実家へ問い合わせてみると、父親が、このまま離縁してくれ、と言う。なにやら狐につままれたようだが、無理やり戻してもしかたなかろうということで応じた」

「さっきもそうだが、諦めがよい」

「そうかな」

「諦めがよい、というよりも、揉《も》め事《ごと》がいやなのかもしれん。というよりも、穏やかなのが好きなのだろう。目の前がごたごたするくらいなら、進んで退《ひ》く」

「言われてみれば、たしかにそのようだ。事なかれ、ということだな」

省吾も薄々、なにかにつけて退いてしまう己の性癖は意識していた。子供の頃は悪童だったはずなのに、長じて気づいてみたら、とにかく騒動を避けるようになっていた。いまでは、元々そういう質《たち》だったのだろうと思っている。

「事なかれ、ということは、争いを避けるということだろう。けっこうではないか」

けっして取りなすようではなく、貞次郎が言った。

「公では事なかれなのに、私になると、とたんに争いを好む者は多い。みんながみんな、おまえのように、私においても事なかれになれば、世の中、いつでも平穏ということだ」

「本心か」

「ああ、本心だ」

妻たちからは一様に優柔不断と責められた。振り返ってみれば、幾も紀江もけっして折れない質だった。言い分は決まって、私はまちがっていない、というもので、彼女たちから見てまちがっている者には容赦がなかった。豊については、輪郭をつかむ前に戻ってしまったので、よくは分からないが、三日で戻ったということは、やはり折れない質なのだろう。ま、三人の妻にしてみれば、自分はずいぶんと物足りなかったにちがいない。

「三度目の紀江とも生き別れたが、離縁の理由は言えん」

ともあれ、省吾は話をつづけた。

「ほお」

貞次郎は事情を知っているような、知っていないような顔をした。たとえ知っていようと、自分の口から言うべきではなかった。

「もう、十年以上も経っているぞ」

「年月の問題ではない。一度、言わんと決めたからには言わん」

「そうか」

目尻が微笑《ほほえ》んで見えた。

「ま、理由はともかく、紀江との離縁でも俺は借金をすることになった。幾の借金の返済が終わらぬうちに、新たな借金が積み上がった」

「厄介だ」

「で、俺は愚痴をこぼした。俺は事なかれではあるが、愚痴だけはこぼさぬのを己の突っかい棒としてきたのだが、おそらくは長じてから初めて愚痴をこぼした」

「たしかに、おまえの愚痴は聞いたことがない」

「相手は、おそらく、おまえも知っていると思う。山下の五条天神裏《ごじょうてんじん》の花屋久次郎《はなやきゅうじろう》だ」

「花久《はなきゅう》。星運堂《せいうんどう》か」

「ああ」

貞次郎は少しだけ驚いたようだった。星運堂は江戸でも名を知られた書肆《しょし》で、その店主が花屋久次郎、略して花久だった。いまは二代花久、菅裏《かんり》が、明和二年から切れ目なく編まれている川柳の撰集『誹風柳多留《はいふうやなぎだる》』の版元をつづけている。

「愚痴をこぼさぬ代わりに、俺は川柳を詠《よ》んだのだ。おまえの算学ほど、始めたのは早くはない。幾と一緒になって、しばらくしてからだ」

あの頃は、妻とはいえ、他家の者が一人でも家に入ると、どういうこともないことが、しばしば、たいそうなことになることを、日々、学んでいた。

「争いを避けるために封じた毒を、ぜんぶ川柳という器《うつわ》に投げ入れていたというところかもしれん」

「由緒正しい川柳だ」

貞次郎は言った。

「川柳の要諦《ようてい》は滑稽《こっけい》ではない。毒だ」

「その毒が、二代花久の目にとまったらしくてな。五条天神裏へ出入りするようになった。で、そうこうするうちに、初めての愚痴をこぼすことができる間柄、になったというわけだ」

「菅裏はどう言った？」

五条天神は菅原道真公を祀《まつ》っている。星運堂はその裏にあるので、二代花久は菅裏と号したのだった。

「毒を金に換えたらどうだ、と言った。川柳では金にならぬが、戯作《げさく》ならば金になるとな」

「なるほど」

「で、俺は言われるとおりにした。これが、おまえの問いへの答だ」

「つまり、いまおまえは戯作を書いているということか」

「そのとおりだ。ついこのあいだまで、戯作で飯は喰えなかった。が、曲亭馬琴《きょくていばきん》が頑張って、戯作を金になる生業に変えてくれた。十年前に家督を辰三に譲《ゆず》って、以来、戯作者として暮らしておる」

「筆名はなんという？」

「誰が言うか」

　きっぱりと、省吾は言った。

「言わんのか」

「当り前だ。生身の俺を知る者に、あんな芥溜《ごみため》を覗《のぞ》かれてたまるか」

　貞次郎が、芥溜か、それはよいな、と言って、からからと笑った。


　それから半月が経っても、ひと月が経っても、貞次郎が世帯を持とうと思っている女は姿を見せなかった。

　でも、省吾はもう、女が現われるのを心待ちにしなかった。

一人で本を整理し、算学の問題づくりに頭をひねる貞次郎は十分に満ち足りているように見えた。

もはや、十年以上も前の定かではない借りを、気にかける必要はなさそうだ。

やはり、あの佐世との心中は、噂の域を出なかったのかもしれない。

あるいは、たとえ、なにかがあったとしても、もう貞次郎のなかで収まりがついているのは明らかと思えた。

だから、穏やかな晩年を過ごすのに、女の助けを借りなければならない、ということもなさそうだった。

それに、貞次郎との二人暮らしの日が重なるにつれて、省吾も、自分がなにをいちばん欲していたのかに気づいていった。

それは、つまり、貞次郎が言った平穏だった。平《たい》らかであり、穏やかである、ということだった。

自分がなにを好むかは、ほんとうに好むものと出逢って初めて分かる。省吾も、ほんとうの平穏を知って、それが自分にとってなにより大事と気づいたのだった。そして、その最も大事なものを得るためには、貞次郎という相方が要《い》ることにも気づいた。

三人の妻といるときは、平穏とは無縁だった。常に、彼女たちなりの正しさに、付き合わなければならなかった。どちらかが折れなければならないとしたら、省吾が折れるしかなかった。なにしろ、彼女たちは、まちがっていないのである。

息子の辰三と二人のときも、平穏でいられるわけがなかった。まだ、男という生き物の脆《もろ》さの自覚もなく、脆さを補う術《すべ》も知らない若い男のために、常に気を配らなければならなかった。

一人暮らしになったときは、ようやく一人になれたと思い、諸々の煩わしさから解放たれたことを喜んだが、それは束の間で、すぐに孤独が目の前に居座《いすわ》った。静謐《せいひつ》ではあったが、平穏ではなかった。

百七十坪の敷地の、母屋《おもや》と家作の距離で、爺《じじい》二人で暮らしてみて初めて、ほんとうの平穏を知った。

男と暮らすということは、こんなにも平らかで、穏やかなのかと思った。

むろん、男ならば誰でもいいはずもない。しかし、穏やかな暮らしを共に送るための最良の男と、穏やかな暮らしを共に送るための最良の女のどちらかを選ぶとすれば、自分はまちがいなく、最良の男のほうを選ぶだろうと思った。

共に暮らしてみれば、貞次郎はまさに、その最良の男だった。

なによりも、貞次郎もまた争いを好まなかった。

おそらく、貞次郎にとって最も大事なのは、素晴らしい算学の問題をつくって、空と己が、一つになることなのだろう。

そのためには、諸々の雑事で、争ってなどいられないのにちがいない。ほんとうに大事なものがあるから、そうでないものはどうでもいいのである。

その見切りが、同居相手としてはうってつけだった。

はっきりと、そうと気づくと、こんどは逆に、このまま女が現われず、しばらくはこの暮らしがつづいてくれたらよいと思った。

ようやく訪れた真の平穏だった。むろん、いつまでもというわけにはゆかぬだろうが、いま終わってしまうのは避けたかった。

大川の川開きが月末《つきずえ》に迫った五月半ばの夕、たまには神田川《かんだがわ》を越えてみるかと足を延ばした神田《かんだ》多町《たちょう》の居酒屋で、ところで、一緒になるつもりの女はどうなっているのだ、と貞次郎に尋ねたのは、そういう気持ちの現われだったのかもしれない。

「いざとなると、なかなか踏ん切ることができなくてな」

燗徳利《かんどつくり》を傾けながら、貞次郎は言った。

「実は、おまえのところの家作を借りたのも、そうすれば踏ん切りをつけられるのではないかと思ってのことだったのだ」

「ほお」

「とにかく一緒に暮らすことのできる家を確保すれば、二人でそこに住もうという気にもなるかもしれんと思ったわけさ」

「なるほど」

犬桜を見上げる貞次郎の横顔を思い出しつつ、鱸《すずき》の皮の湯引きを突ついた。その居酒屋は貞次郎が知っていた店で、釣り好きの店主が自分で釣った魚を出すことで評判を取っているようだった。たしかに湯引きは、いかにも鱸の皮らしくぷっくらとしていて、獲《と》れ立てであることを伝えた。

「ところがな。暮らしてみれば、逆だった」

「逆……」

「爺二人の暮らしが、居心地がよくてな。なかなか、女と暮らそうという気になれんのだ」

「そうか」

やはり、平穏を好むという一点で、自分と貞次郎はつながっているのだと省吾は思った。一点ではあるが、大きな一点だった。

「女との暮らしでは、こうはいかん。下谷稲荷裏に移ってからの、このひと月半、つらつらと考えていたのだが、もしも衆道《しゅどう》の連中のように、同じ男をほんとうに好きになれるのであれば、それが最も幸せな二人なのかもしれん」

「初めて聞く説だ」

男と暮らす平穏さは、かけがえのないものだった。とはいえ、男どうしが連れ合いになるというところまでは考えが及ばなかった。及ばなかったが、違和感はなかった。それどころか、見てこなかったものが見えたような気さえした。

「どう思う？」

「いや、正直、そういうものかもしれん、と思わされた」

省吾は箸を置いて言った。

「これまでは衆道と聞くだけで忌避《きひ》してきたが、そういう目を持てば、また別の姿も見えるかもしれん」

開け放たれた引き戸の向こうを、白い尼姿《あますがた》が横切った。神田多町は職人の町であり、青物《あおもの》の町であり、そして、陽のあるうちに春をひさぐ比丘尼《びくに》が、夜の寝座《ねぐら》にする町でもあった。そろそろ、家路をたどる白い尼姿が、通りに浮かび上がる頃合いだ。

「ただし、理解はできても、やはり、己のこととして考えることはできん。男を、連れ合いとして好きになるのは無理だ」

「まさに、そこだ」

貞次郎は言った。

「あくまで平穏を望むなら、男と暮らすのがいちばんだ。とはいえ、男を連れ合いにはできん。やはり、連れ添うとなれば、女を選ぶしかない。しかし、それで平穏を失うなら、なにも連れ添わずともよいのではないかと思ったりもする。で、俺のように、世帯を持とうか持つまいか、迷いつづけることになる。俺はどうしたらよいものかの」

猪口《ちょこ》を干してから、貞次郎はつづけた。

「そうだ。おまえにひとつ頼みがある」

「頼み？　なんだ」

「これから、品定めをしてくれんか」

「品定め……」

「俺が言った、世帯を持とうと思っておる女だがな。この多町のすぐ隣りの銀町《しろがねちょう》で、姉と二人で煮売屋《にうりや》をやっておるのだ。煮豆でも昆布でもなんでもよいから、買う振りをして会ってみてくれ」

「なんで、俺が品定めをしなければならんのだ」

「いろいろ、ある」

即座に、貞次郎は言った。

「まず、おまえと俺は同い齢で、同じ下谷に育った。長じても、大事にするものの多くが重なる。おまけに、その齢でずっと独り身だ。それも、めっきり淡白な独り身で、女っ気といえば、飯炊きの菅《すが》婆さんくらいしかない。そこらも、俺と同じだ。つまり、おまえしかおらんのだ」

「たしかに、それはそのとおりだろう。しかし、おまえはいちばん大事なものを見落としている」

たいして飲んでいないのに、もう酔いが回ったのかと思いつつ、省吾は言った。

「いくら、諸々が似ていても、俺はおまえではないということだ。おまえの代わりはできん」

「それは承知だ」

しごくあっさりと、貞次郎は答えた。

「承知で、頼んでおる」

その返事を聞いたとき、省吾は、はたと思い当たった。貞次郎は酔ったのではない。最初から、そのつもりだったのだ。

今日の夕、たまには神田川を越えてみるか、と持ちかけてきたのは貞次郎だ。この話を切り出したときも、不意に思い当たった、という風ではなかった。

つまり、初めから自分をその女に会わせるつもりで、下谷を出たのだろう。だとすれば、もう、是非もなかった。

「会うことは会おう」

憮然《ぶぜん》とした顔を崩さぬまま、省吾は言った。

「ただし、会っても、なにも言わんぞ。おまえの代わりをできんことに、変わりはない。その女について、ああだこうだ、は言えん。会うだけだ」

「もとより、言葉は求めていない」

きっぱりと、貞次郎も言った。

「おまえの様子から読み取る」


隣り町とはいっても、居酒屋は町境《まちざかい》にあったらしく、銀町はほんの目と鼻の先だった。

煮売屋とのあまりの近さからも、貞次郎が顔合わせをさせようとしたのは明らかに思えた。

その短い路すがら、不意に、省吾は、ひょっとして……と、思った。

女というのは、佐世ではないのか。

あれからも、ずっと、二人はつながっていて、頃合いを計《はか》っていたのではないか。

あるいは、自分が犬桜の下で出逢ったように、ひょんなことから再会して、そういうことになったのではなかろうか。

だからこそ、品定めをするのは、自分でなければならないのではないか。

あまりに荒唐無稽とは思ったが、一度、そうと思うと、いくら打ち消そうとしてもかなわなかった。

予断を入れぬため、という名目で、貞次郎は女については一切を語らなかった。語ったのは、姉と二人で煮売屋をやっていることだけで、齢も、風体も、生立ちも、名前すら口にしなかった。

それもまた、相手は佐世であるという想いを深めさせる。

煮売屋から店三軒ほど間を置いた斜向《はすむか》いで、貞次郎から、あの左にいるほうだ、と送り出されたときは、もう、ほとんど確信に変わって、己の胸の鼓動を感じつつ店先に立ち、煮豆を少し、と言った。

愛想よく笑みを浮かべ、ありがとう存じます、という言葉とともに、煮豆を手渡した女は、しかし、佐世ではなかった。

なんの含みもなく買い求めていたとしたら、記憶にとどまることのない女と映った。美人とか不美人とかということではなく、煮売屋で煮豆や昆布を商うという光景にすっかり馴染んでいて、違和感を伝えてこないのだ。貞次郎の相手ということで、佐世ではないにせよ、場に収まり切らぬなにかを抱える女、を予期していただけに、意外ではあった。

ひとことで言えば、女は、ふつう、ということになるのだろう。

しかし、もしも、貞次郎が女に、佐世とはまったく逆の、ふつうを求めているとすれば、それは危《あや》ういのではないかとも思った。

ふつうの女など、いない。

振り返れば、幾も、豊も、紀江も、皆、ふつうだった。

ごくごくふつうの女に見えて、周りの風景に溶け込んでいた。

それが、大きな借金を残し、輿入れ三日で家から消え、不義を働いた。

そうでなくとも、女は自分の感じ方に、絶対の信頼を置くことができる。

女は、皆、特別だ。

ふつうの女だから、ふつうに暮らすことができる、などというのはまやかしにすぎない。

女から煮豆の包みを受け取ると、自分はいったいどんな顔つきをしているのだろうと思いつつ、煮売屋から斜向いへ戻った。

前言どおり、貞次郎の前に立っても、省吾は唇を結んで、なにも語らなかった。というよりも、語れなかった。

貞次郎はそういう省吾に、ちらりと目を向けて言った。

「分かった」

そして、背中を向けた。

そんなことがあったあとも、二人の暮らしは以前と少しも変わらなかった。

六月に入っても、貞次郎は家作に一人で住み、本の山を整理し、算学の問題を練った。

省吾もせっせと筆を動かし、毒を金に替えた。

しかし、省吾のほうは、己の変化を感じ取っていた。

抱える毒が、薄まっているのだ。

おのずと筆も、進みにくい。

貞次郎との平穏な暮らしが原因であることは明らかと思えた。

いまはまだ借金が残っており、つまりは毒の蓄えがあるが、おそらく、完済すれば、筆も止まるのかもしれない。

それはそれで……と、しかし、省吾は思った……かまわぬではないか。

戯作を書くために、生きているわけではない。戯作は生きていくための手立てだ。

生きていくのに、なによりも大事なものが平穏であるならば、借金を返し終えて筆が止まっても、それは善《よ》しとすべきだろう。

そして、ふと思った。

貞次郎はどうなのだろう……。

貞次郎もまた、初めは、広敷という毒を煮詰めた場から遠ざかるために算学を始めたのだろう。つまり、毒をたっぷりと蓄えこんでいたということだ。

算学にも、毒は要るのだろうか。

それとも、なによりも集中を求める算学の場合は、やはり毒は毒でしかなく、平穏がなによりも尊ばれるのだろうか。

ま、いずれにせよ、借金がきれいになって筆が止まり、そのとき自分がどう思うのかについては、いまから考えても詮《せん》ないことだと思い直した。

無事、完済成ったときにたしかめればよいことで、それまではいまの平穏を存分に享受しようと得心《とくしん》したある日、三年前から銀婆さんに代わって飯炊きを頼んでいる菅婆さんが書斎にやってきて、味噌の仕入れ先を替えていいか、と言った。

なぜか、と聞くと、いま省吾が気に入って使っている味噌は、江戸《えど》甘味噌《あまみそ》といって、甘みを出すため、ふつうより麴《こうじ》の量が多く、塩の量が少ないのだと言う。で、値が高い上に、日持ちがわるくて、夏を越えるのに難儀する。値が高いのは省吾の問題なのでとやかく言わないが、これからもっと暑くなると、黴《かび》も生えるし、腐りやすくもなる。そうなったら自分の責任になるので、できれば他の味噌に替えたいということだった。

そうはいっても、いきなり仙台味噌や八丁味噌に替えるわけにはいかないだろうし、ちょうどいま、江戸甘味噌に近い味で日持ちのする味噌を売りに来ている者があるので、その味噌に替えようと思っているのだが、どうだろうか、と、まあ、そういう趣旨のことをまくしたてた。

いきなり、そう言われても、なにしろ味噌は味の要《かなめ》だから、はい、そうですか、というわけにはいかない。その味噌売りはまだいるのか、と尋ねると、まだいる、というので、ならば、味見をしてから決めると答えて、水屋《みずや》へ向かった。廊下を進むとき、菅婆さんは、女ですよ、と言った。女なのに、この暑いさなか、味噌樽をいくつも積んだ大八車を引いて、やっぱり在方の人は芯《しん》が強いですねえ。

水屋に着くと、菅婆さんが、旦那様ですよと言い、姉さんかぶりをした肥った女が、頭から手拭《てぬぐ》いを外してぺこりと頭を下げた。そして、言った。

「ご無沙汰をしております」

蓋《ふた》の開いた味噌樽に目を落としていた省吾は、その声を聞いて思わず顔を上げた。朝露が葉を転がる音があるとすればかくやと思える声、だったのである。

女に目を向けると、にこにこと笑ってこっちを見ている。

「佐世……か」

幾度も顔をたしかめつつ、省吾は言った。

「はい」

女は答えた。

「以前にこちらに奉公へ上がっていた者ですって何度も伝えて、旦那様にご挨拶申し上げたいと言ったんですが、こちらがなかなか通してくれなくて」

佐世が菅婆さんに顔を向け、菅婆さんがおぼつかぬ目で省吾を見た。

「でも、よかったあ。お目にかかれて」

三十を過ぎた佐世は、すっかり変わっていて、すぐには見分けがつかなかった。顔はいまも童顔ではあったが、罪のない童女のようではなかった。

罪ではちきれそうだった躰は、肉と脂《あぶら》ではちきれそうだった。

男を惹《ひ》きつけずにはおかなかった、首の上と下との大きな落差は、すっかり消え失せていて、省吾は十年かそこらで人はこれほど変わるものかと思わされた。

「味噌を売っておるのか」

我ながら、聞くまでもないことを聞いている、と思いつつ省吾は問うた。

「はい。川越の在で薩摩芋をつくっているんですが、薩摩芋は冬の商いなので、夏に売るものがなくなります。川越から浅草橋の御米蔵《おこめぐら》まで、新河岸川《しんかしがわ》を使って芋を運ぶ船もその分空くので、その空きを使って味噌を売ってみようかと」

佐世は口数も多くなっていた。屋敷にいた頃は、問われなければ唇を動かさず、時には、問われても答えないことすらあった。そこが佐世の落差を、より大きなものに見せていたのだが、いまや佐世は堂々たる農婦であり、商売人だった。

「どうぞ、味見をしてみてください」

促されて、舌に乗せてみると、さほど感心したものではなかった。正直、これなら夏を越えにくかろうと江戸甘味噌のままのほうがよいと思ったが、佐世からは、そうと切り出せぬ圧迫感を感じた。

貞次郎とのことは定かではないにしても、佐世が奉公人の弥吉とこの屋敷で心中を図ったのは紛《まぎ》れもない事実だった。その事実を見事なまでに覆い尽くす顔の色に気圧《けお》されて、省吾は萱婆さんに顔を向け、首を縦に振った。けれど、佐世は、ひと樽の売上では不足のようだった。

「家作にも、どなたかが入られているんですか」

佐世は開け放たれた水屋の引き戸の向こうに目をやって言った。そこからは、家作が見えた。

「ああ」

「家作の方にもご挨拶してよろしいでしょうか」

川越から船を使って味噌を運んできたからには、とにかく大八車を空にして戻りたいということなのだろう。

「挨拶してもよいが……」

とはいえ、家作に暮らすのは貞次郎だった。心中の相手だったかもしれない男だった。許すにしても、家作の住人の名は告げなければならないと、省吾は思った。あるいは、その名を聞けば、佐世も諦めるかもしれない。

「暮らしているのは、山脇貞次郎だぞ」

省吾は佐世の顔に目を凝《こ》らした。ひと昔前ならまともに見られなかった顔を、なんのためらいもなく見ることができた。

「わあ、おなつかしい！」

佐世は声を上げて、掛け値のない笑顔を見せた。

挨拶したいという佐世の申し出を、断わることもできた、とは思う。断わらなかったのは、十年以上も前の定かではない借りが、ほんとうはどうであったのかを見極めたいという想いがあったのだろう。

しかし、それだけでなく、三十をすぎた佐世の息づかいが伝わったとき、二人が会う会わないを、自分が決めてはいけないという、命令にも似た声が、己のなかで響きもした。

それは、戯作者のはしくれの勘、と受け取ってもらってもかまわない。

ほんとうに心中があったのか、あったとしたら、なにがどうなってそこに至ったのかは知る由もない。

が、心中があったにしろ、なかったにしろ、かつて佐世と貞次郎に、二人にしか入り込むことのできない時があったのはまちがいないと、はっきりと感じ取った。

ならば、その時の外にあった者が、再会の是非を決めてよいはずもなかった。

「山脇様はまだ算学をされているのでしょうか」

家作へ向かう小路で、佐世は言った。

「貞次郎が算学に励んでいるのを知っておったのか」

自分がなにも知らなかったことを、省吾はあらためて思い起こした。

「はい、なかなか良い問題ができないと、ずいぶんと骨を折っていらっしゃいました」

佐世はなにも隠さなかった。話のつづきを聞きたかったが、小禄幕臣の庭はささやかで、すぐに家作の玄関に着いた。

「では、しっかり売ってこい」

省吾はそう佐世に声をかけて、母屋へ戻った。

佐世が変わらぬ笑顔で辞去の挨拶を述べにきたのは、それから小半刻《こはんとき》も経たぬ頃で、ずいぶんと早かった。

省吾が、売れたか、と問うてもいないのに、ひと樽求めていただけました、と言った。この界隈で、他に買っていただけそうな処の心当たりはございませんでしょうか、ともつづけた。菅婆さんに聞いてみろ、と省吾は答えた。けっこう、顔は広い。

書斎に戻って、締め切りが迫っている仕事に嫌々ながらかかると、意外に筆が進んで、曲がれなかった筋の曲がり角を曲がることができた。想いもかけずはかどって、逆に、根《こん》を詰めすぎて疲れた。

伸びをして濡れ縁に向かい、ゆっくりと腰を下ろして、そろそろ摘み取らなければならない梅の実に目をやった。去年は三斗以上も穫《と》れて、方々に配った。

ほどなく貞次郎がやってきて、並んで座り、そろそろ梅を摘み取らなければならんな、と言った。手伝ってくれるか、と問うと、むろんだ、と答えてから、つづけた。

「おまえんとこの塩梅《あんばい》はどんな具合だ」

「梅一斗につき、塩二升五合といったところだ」

「少し甘いな」

「そうでもあるまい」

「それでは日持ちがせんだろう」

梅の話はまだつづいた。

「三度の夏は越えられんぞ」

「越えられんか」

さすがに、それはない。

「ああ」

「味噌はどうだった」

潮時だと、省吾は思った。

「おまえはどうだった」

貞次郎はまだぐずった。

「俺の口には合わなかった」

「俺もだ」

「でも、ひと樽、買ったのだろう」

「おまえも買ってくれた、と言われた。買わんわけにはいかんだろう」

「そういう話だったのか」

「そういう話とは？」

「つまり、味噌の売り込みの話だ」

「ああ、そうだ。あらかたは味噌の話だった。あとは、芋の話が出たかな」

「新河岸川の船の話はどうだ」

「それも出た」

　省吾はふーと息をついて、梅の木の隣りの、サイカチの枝に目をやった。天婦羅にすると旨《うま》い若芽の季節は過ぎてしまったが、実がなれば痰《たん》を切る薬になる。

「冬は芋を、夏は味噌を運ぶそうだ」

　貞次郎は力なく、つづけた。省吾はサイカチから貞次郎の横顔に目を移して言った。

「算学の話はどうだ。しなかったのか」

「した」

　すっと、貞次郎は答えた。

「したが、少しだけだ。俺は算学の話を少しではなくしたかったが、すぐに味噌の話に戻った。この界隈で、他に買っていただけそうな処の心当たりはございませんでしょうか、と聞かれた」

「そうか」

「たいしたものだな」

空を見上げて、貞次郎は言った。

「ああ、たいしたものだ」

「どうやっても、かなわんな」

「ああ、かなわん」

「省吾」

意を決したように、貞次郎は名を呼んだ。

「ああ」

「俺はここを出ていくことにしたよ」

「そうか」

その日は梅雨《つゆ》の晴れ間で、空が抜けるように青かった。

「やはり、あの煮売屋の女と一緒に暮らすことにした」

「踏ん切り、ついたか」

「ああ、佐世と会って踏ん切りがついた。張り合っても歯が立たん。俺は女に頼ることにする。やはり、女に死に水をとってもらう」

「決めたのなら、是非もない」

「ここで女と暮らしてもよいかと思ったのだがな。ここだと、未練が残る」

「なんの未練だ」

「一度は、爺二人でずっと暮らしていこうと思った未練だ。せっかく踏ん切ったのに、また、ずるずると尾を引きそうな気がする」

「そうかもしれん」

「おまえはどうする」

「さあ、どうするかな」

少なくとも、これで、戯作を書きつづけることはできるだろう、と省吾は思った。それ以外のことは、なにも分からない。

齢を重ねるにつれて、分かったことが増えたが、分からないことも増えた。分かっていたことが、分からなくなったりもする。

でも、それがわるいとは思わないし、いやでもない。

「済まんな」

ぽつりと、貞次郎が言う。

「佐世に気圧されたからこそ、男だけで暮らしていかなければならん、とも思ったのだが、俺にはその気概も力も足りん」

「なに、済まんことなどあるものか」

「やっぱり、省ちゃんは餓鬼大将で、俺は使いっ走りだ」

んなことは、ない。

ぜんぜんない。

解説

瀧井朝世

「普段、時代小説はあまり読まないけれど、青山文平作品は読む」とは、周囲の本読みからちらほらと聞く言葉である。実は私も、そうした一人だ。現代と社会システムは違っても、自分にもおぼえのある人の感情が鮮烈に描写され、そのうえ意外な結末へと到達する極上のストーリーテリングが味わえるのだから、読まないほうがもったいない。

青山氏が好んで作品の舞台に選ぶのは、十八、九世紀の中期江戸時代である。戦がなくなった平穏な世の中で武家の男たちは生き甲斐を見失い、武士としての矜持を捨てきれずに戸惑っている。その姿はなんとなく、現代のサラリーマンにも通じるように思える。昭和の頃には「サラリーマンは気楽な稼業ときたもんだ」という歌詞の歌もあったが、今、そんなことを言う人間はいない。企業のブラック化の問題は後を絶たず、リストラも敢行され、大企業でも倒産の可能性がある。終身雇用の保証なんてどこにもない。時代の変化の中でこの先どう生きるかのロールモデルを見失っている現代人の姿は、江戸中期後期の武士やその家族と重なる気がする。だからこそ、著者の描く、人々が自分の生きる道を模索する姿に自然と心が寄り添っていくのだ。

　本作『つまをめとらば』は二〇一二年から一五年にかけて『オール讀物』に掲載された五篇と、二〇一五年に『読楽』に掲載された一篇（「逢対」。「こいせよ　おとめ」を改題）をまとめた短篇集。一五年七月に単行本が刊行され、翌年一月に第一五四回直木賞を受賞した。受賞も納得の、一篇一篇の完成度が高い作品集である。他の著作にも通じる、権力を持たない無力な人々が、自分の人生を模索していく物語たち。当時の男たちだけでなく、女たちの生き方も鮮烈に描かれるのが特徴だ。この時代の話といえば「夫唱婦随」型の男を支える女か、あるいは、男の人生を翻弄するファムファタール的な女が登場するのだろうと想像してしまうが、それがまったく違う。

「ひともうらやむ」は、余所からやってきた美しい女に翻弄される男が登場、一方で主人公の妻を地味な設定にし、魔性の女と糟糠の妻を対照的に見せる……と見せかけて、またちょっと違う展開が用意されている。

「つゆかせぎ」では、すでに故人だが、夫を叱咤激励しつつ、実はこっそり戯作に励んでいたという妻がなんとも魅力的。その二人の関係を振り返る話ではなく、意外にも別の女が登場。主人公がその女に情けをかけてやる話になるかと思いきや、こちらもまた違う味わいが待っている。

「乳付」は本作で唯一の女性視点の話である。他の男性視点の短篇で女たちはしたたかな印象を残すが、実は女性たちだって迷い傷つく繊細さを持っているのだ、という側面を見せる本作がこの短篇集の中にあるのはバランスがよく、著者の公正性と短篇集を編む上での巧みさを感じずにはいられない。それにしてもこの短篇、新婚夫婦の話ということもあり、なんとも愛らしく、甘酸っぱい。

「ひと夏」は、主人公が飛び地的な領地に赴任する設定がなんともユニーク。そこでの難しい人間関係をどう乗り切るかという仕事での葛藤が主軸ではあるが、ここにもまた、どうにも手に負えなさそうな女が登場して、男を翻弄する。

「逢対」は、出世のために苦労する親友を思いやる話であり、サラリーマン的悲哀を感じさせる内容。しかし、前半と後半に挟まれる主人公の難儀な恋の話でもあるのだ。

最終話であり表題作の「つまをめとらば」で描かれる結婚問題は、まさに現代に通じている。同性同士でいるほうが楽だと感じるが、それは決して恋愛感情ではなくて……という五十過ぎの男たちの会話がなんとも素朴で、面白可愛い。が、これは現代に増えつつある「結婚したくない」「このままのほうが楽」という、結婚願望のない人々の主張と似ているではないか。また、最終的に登場人物の一人が結婚を決意するにしても「男は結婚して一人前」「男は女を養うべき」といった旧来の価値観とは正反対の理由であるところが愉快である。

一人一人の置かれた状況や人生背景の組み立て方も綿密で、文字の向こうに長篇と同じくらいの奥行を感じさせる。短篇ならではの切れ味のよさと、長篇並みの濃密さを味わえるのだから、お得というべきだろうか。著者によると、事前にプロットは作らないそうで、書き進めていくうちに想定していなかった事案が出てきて自分でも「そうだったのか」と驚いたりするのだとか。予定調和に陥らない展開は、だからこそ生まれるのだろう。

どの短篇も、権力を持たない人たちの話だ。そして、女性たちを類型的に、物語の小道具として描いていないところに好感が持てる。また、個人的に新鮮に感じるのは、結婚を〝せねばならないもの〟ととらえない人物が多く登場する点だ。離婚するケースも多く、この時代もそうだったのかと意外に感じると同時に、彼らのことがますます身近に思えてくる。

「つゆかせぎ」の中に、こんな言葉が出てくる。

〈忠臣蔵の時代である元禄には、〝我々〟を信じることができた。が、文化のいまは否応なく、〝我〟と向き合わなければならない。〉

これは現代の自分たちにも言えることではないだろうか。こうした、今に通じる物語を浮かび上がらせているからこそ、普段は時代小説を手に取らない読み手も、この著者の作品のページをめくるのだ（もちろん、他にも読者を惹きつける美点はたくさんあるのだけれども）。しかも、決して「もっと〝我〟と向き合え」などと押しつけがましく言ってくることはしない。むしろ、これらの物語から伝わってくるのは、「時代の既成概念にとらわれなくてよいのではないか」ということ。

私は青山作品のページを開く時、とても安心している。今とはまったく異なる道義がまかり通り、女性の地位が低かったと思われがちな時代を舞台にしていても、そこにも多様な価値観や生き方があったのだと教えてくれる、と知っているからだ。この題材の選び方、照らし方を見ていると、つくづく、ああ、この著者は大人だなと思う。人間というものをどこか達観した眼差しで眺めつつ、軽やかな筆致で紡ぎ出す彼らの人生模様は、時にほろ苦くはあるけれども、どこか痛快で爽やかで、こちらの気持ちを軽くさせてくれる。そして生まれる時代や境遇は選べなくても、そのなかでも、自分の生き方を自分で選ぼうとしていいのだ、と励まされる。

著者が本作で直木賞を受賞したのは六十七歳の時だった。史上二番目の高齢の受賞者だという。人生を知っている人だからこそ持てる眼差しがあるのは、やはり経験値の違いも大きいのかもしれない。本作以降も著者の活躍は目覚ましく、『このミステリーがすごい！　２０１７』で国内編第四位にランクイン、日本推理作家協会賞長編及び連作短編集部門にもノミネートされた短篇集『半席』、最下級の農民と位置づけされる名子の夫婦が人生の新たな局面を迎える『励み場』、うつろいゆく武家社会の中で人生を摑み取ろうとする男女を描く作品集『遠縁の女』と、注目作を発表し続けている。達観した大人の視点を、追い続けていきたい。

（ライター）

単行本　二〇一五年七月　文藝春秋刊

文春文庫

つまをめとらば

定価はカバーに表示してあります

2018年6月10日　第1刷

著　者　青《あお》山《やま》文《ぶん》平《ぺい》
発行者　飯窪成幸
発行所　株式会社 文藝春秋

東京都千代田区紀尾井町 3-23　〒102-8008
TEL 03・3265・1211㈹
文藝春秋ホームページ　http://www.bunshun.co.jp

落丁、乱丁本は、お手数ですが小社製作部宛お送り下さい。送料小社負担でお取替致します。

印刷・凸版印刷　製本・加藤製本

Printed in Japan
ISBN978-4-16-791080-8

（　）内は解説者。品切の節はご容赦下さい。

安部龍太郎
バサラ将軍
新旧の価値観入り乱れる室町の世を男達は如何に生きたか。足利義満の栄華と孤独を描いた表題作他「兄の横顔」「師直の恋」「狼藉なり」「知謀の淵」「アーリアが来た」を収録。（縄田一男）
あ-32-1

安部龍太郎
金沢城嵐の間
関ヶ原以後、新座衆の扱いに苦慮する加賀前田家で、家老の罠に落ちた武辺の男・太田但馬守。武士が腑抜けにされる世に、義を貫かんと死に赴く男たちの美学を描く作品集。（北上次郎）
あ-32-2

安部龍太郎
等伯（上下）
武士に生まれながら、天下一の絵師をめざして京に上り、戦国の世でたび重なる悲劇に見舞われつつも、己の道を信じた長谷川等伯の一代記を描く傑作長編。直木賞受賞。（島内景二）
あ-32-4

浅田次郎
壬生義士伝《みぶぎしでん》（上下）
「死にたぐねえから、人を斬るのす」――生活苦から南部藩を脱藩し、壬生《みぶ》浪と呼ばれた新選組の中にあって人の道を見失わなかった吉村貫一郎。その生涯と妻子の数奇な運命。（久世光彦）
あ-39-2

浅田次郎
輪違屋糸里《わちがいやいとさと》（上下）
土方歳三を慕う京都・島原の芸妓・糸里は、芹沢鴨暗殺という、新選組の内部抗争に巻き込まれていく。大ベストセラー『壬生義士伝』に続き、女の〝義〟を描いた傑作長篇。（末國善己）
あ-39-6

浅田次郎
一刀斎夢録（上下）
怒濤の幕末を生き延び、明治の世では警視庁の一員として西南戦争を戦った新選組三番隊長・斎藤一の眼を通して描き出される感動ドラマ。新選組三部作ついに完結！（山本兼一）
あ-39-12

浅田次郎
黒書院の六兵衛（上下）
江戸城明渡しが迫る中、てこでも動かぬ謎の武士ひとり。勝海舟や西郷隆盛も現れて、城中は右往左往。六兵衛とは一体何者か？笑って泣いて感動の結末へ。奇想天外の傑作。（青山文平）
あ-39-16

（　）内は解説者。品切の節はご容赦下さい。

あさのあつこ
火群《ほむら》のごとく
兄を殺された林弥は剣の稽古の日々を送るが、家老の息子・透馬と出会い、政争と陰謀に巻き込まれる。小舞藩を舞台に少年の友情と成長を描く、著者の新たな代表作。（北上次郎）
あ-43-12

あさのあつこ
もう一枝《いっし》あれかし
仇討に出た男の帰りを待つ遊女、夫に自害された妻の選ぶ道、若き日に愛した娘との約束のため位を追われる男――制約の強い時代だからこその一途な愛を描く傑作中篇集。（大矢博子）
あ-43-16

秋山香乃
総司　炎《ほむら》の如く
新撰組最強の剣士といわれた沖田総司。芹沢鴨暗殺、池田屋事変など、幕末の京の町を疾走した、その短くも激しく燃焼し尽くした生涯を丹念な筆致で描いた新撰組三部作完結篇。
あ-44-3

梓澤　要
越前宰相秀康
徳川家康の次男として生まれながら、父に疎まれ、秀吉の養子に出された秀康。さらには関東の結城家に養子入りした彼はその後越前福井藩主として幕府を支える。（島内景二）
あ-63-1

青山文平
白樫の樹の下で
田沼意次の時代から清廉な松平定信の息苦しい時代への過渡期。いまだ人を斬ったことのない貧乏御家人が名刀を手にしたとき、何かが起きる。第18回松本清張賞受賞作。（島内景二）
あ-64-1

青山文平
かけおちる
藩の執政として辣腕を振るう男は二十年前、男と逃げた妻を斬った。今また、娘が同じ過ちを犯そうとしている――。時代小説の新しい世界を描いて絶賛される作家の必読作！（村木　嵐）
あ-64-2

井上ひさし
手鎖心中
材木問屋の若旦那、栄次郎は、絵草紙の人気作者になりたいと願うあまり馬鹿馬鹿しい騒ぎを起こし……歌舞伎化もされた直木賞受賞作。表題作ほか「江戸の夕立ち」を収録。（中村勘三郎）
い-3-28

（　）内は解説者。品切の節はご容赦下さい。

井上ひさし
東慶寺花だより
離縁を望み決死の覚悟で鎌倉の「駆け込み寺」へ——女たちの事情、強さと家族の絆を軽やかに描いて胸に迫る涙と笑いの時代連作集。著者が十年をかけて紡いだ遺作。（長部日出雄）
い-3-32

池波正太郎
鬼平犯科帳　全二十四巻
火付盗賊改方長官として江戸の町を守る長谷川平蔵。盗賊たちを切捨御免、容赦なく成敗する一方で、素顔は人間味あふれる人情家。池波正太郎が生んだ不朽の〈江戸のハードボイルド〉。
い-4-52

池波正太郎
おれの足音　大石内蔵助（上下）
吉良邸討入りの戦いの合間に、妻の肉づいた下腹を想う内蔵助。剣術はまるで下手、女の尻ばかり追っていた〝昼あんどん〟の青年時代からの人間的側面を描いた長篇。（佐藤隆介）
い-4-93

池波正太郎
秘密
家老の子息を斬殺し、討手から身を隠して生きる片桐宗春。だが人の情けに触れ、医師として暮すうち、その心はある境地に達する——。最晩年の著者が描く時代物長篇。（里中哲彦）
い-4-95

池波正太郎
鬼平犯科帳　決定版（一）
人気絶大シリーズがより読みやすい決定版で登場。「唖の十蔵」「本所・桜屋敷」「血頭の丹兵衛」「浅草・御厩河岸」「老盗の夢」「暗剣白梅香」「座頭と猿」「むかしの女」を収録。（植草甚一）
い-4-101

池波正太郎
鬼平犯科帳　決定版（二）
長谷川平蔵の魅力あふれるロングセラーシリーズの決定版、二〇一七年刊行開始。「蛇の眼」「谷中・いろは茶屋」「女掏摸お富」「妖盗葵小僧」「密偵」「お雪の乳房」「埋蔵金千両」を収録。
い-4-102

池波正太郎
鬼平犯科帳　決定版（三）
大人気シリーズの決定版。「麻布ねずみ坂」「盗法秘伝」「艶婦の毒」「兇剣」「駿州・宇津谷峠」「むかしの男」を収録。巻末の著者による解説・長谷川平蔵（「あとがきに代えて」）は必読。
い-4-103

池波正太郎
鬼平犯科帳　決定版（四）
色褪せぬ魅力「鬼平」が、より読みやすい決定版で登場。「霧の七郎」「五年目の客」「密通」「血闘」「あばたの新助」「おみね徳次郎」「敵」「夜鷹殺し」の八篇を収録。（佐藤隆介）
い-4-104

池波正太郎
鬼平犯科帳　決定版（五）
繰り返し読みたい、と人気絶大の「鬼平シリーズ」をより読みやすい決定版で順次刊行。「深川・千鳥橋」「乞食坊主」「女賊」「おしゃべり源八」「兇賊」「山吹屋お勝」「鈍牛」の七篇を収録。
い-4-105

岩井三四二
崖っぷち侍
戦国末期。千葉房総の大名、里見家に仕える下級武士・金丸強右衛門は、戦で勝てば領地が増え、生活も楽になり妾も囲えると意気揚々。ところが主家は領地を減らされ……。（川本三郎）
い-61-6

稲葉　稔
ちょっと徳右衛門
幕府役人事情
剣の腕は確か、上司の信頼も厚いのに、家族が最優先と言い切るマイホーム侍・徳右衛門。とはいえ、やっぱり出世も同僚の噂も気になって…新感覚の書き下ろし時代小説！
い-91-1

稲葉　稔
ありや徳右衛門
幕府役人事情
同僚の道ならぬ恋を心配し、若造に馬鹿にされ、妻は奥様同士のつきあいに不満を溜めている。リアリティ満載の新感覚時代小説！　家庭最優先の与力・徳右衛門シリーズ第二弾。
い-91-2

稲葉　稔
やれやれ徳右衛門
幕府役人事情
色香に溺れ、ワケありの女をかくまってしまった部下の窮地を救えるか？　役人として男として、答えを要求されるマイホーム侍・徳右衛門。果たして彼は〝最大の敵〟を倒せるのか。
い-91-3

稲葉　稔
疑わしき男
幕府役人事情　浜野徳右衛門
与力・津野惣十郎に絡まれた徳右衛門。しまいには果たし合いを申し込まれる。困り果てていたところに起こった人殺し事件。徒目付の嫌疑は徳右衛門に――。危うし、マイホーム侍！
い-91-4

（　）内は解説者。品切の節はご容赦下さい。

五つの証文
稲葉　稔
幕府役人事情　浜野徳右衛門
従兄の山崎芳則が札差の大番頭殺しの容疑をかけられた。潔白を証明せんと一肌脱ぐ徳右衛門。が、そのせいで妻のあらぬ疑いを招くはめに。われらがマイホーム侍、今回も右往左往！
い-91-5

人生胸算用
稲葉　稔
郷士の長男という素性を隠し、深川の穀物問屋に奉公に入った辰馬。胸に秘めるは「大名に頭を下げさせる商人になる」という決意。清々しくも温かい時代小説、これぞ稲葉稔の真骨頂！
い-91-11

佐助を討て
犬飼六岐
真田残党秘録
豊臣家を滅ぼした家康だが、夜ごとに猿飛佐助に殺される悪夢に悩まされていた。佐助の死なくして家康の安眠なし。伊賀忍者と佐助ら真田残党との壮絶な死闘が始まる。（末國善己）
い-93-1

王になろうとした男
伊東　潤
信長の大いなる夢にインスパイアされた家臣たち。毛利新助、原田直政、荒木村重、津田信澄、黒人の彌介。いつ寝首をかくか、かかれるかの時代の峻烈な生と死を描く短編集。（高橋英樹）
い-100-1

余寒の雪
宇江佐真理
女剣士として身を立てることを夢見る知佐は、江戸で何かを見つけることができるのか。武士から町人まで人情を細やかに描く七篇。中山義秀文学賞受賞の傑作時代小説集。（中村彰彦）
う-11-4

河岸の夕映え　神田堀八つ下がり
宇江佐真理
御厩河岸、竈河岸、浜町河岸……。江戸情緒あふれる水端を舞台に、たゆたう人々の心を柔らかな筆致で描いた、著者十八番の人情噺。前作『おちゃっぴい』の後日談も交えて。（吉田伸子）
う-11-15

平蔵の首
逢坂　剛・中　一弥　画
深編笠を深くかぶり決して正体を見せぬ平蔵。その豪腕におののきながらも不逞に暗躍する盗賊たち。まったく新しくハードボイルドに蘇った長谷川平蔵もの六編。（対談・佐々木　譲）
お-13-16

（　）内は解説者。品切の節はご容赦下さい。

逢坂　剛
平蔵狩り
父だという「本所のへいぞう」を探すために、京から下ってきた女絵師。この女は平蔵の娘なのか。ハードボイルドの調べで描く、新たなる鬼平の貌。吉川英治文学賞受賞。（対談・諸田玲子）
お-13-17

乙川優三郎
生きる
亡き藩主への忠誠を示す「追腹」を禁じられ、白眼視されながら生き続ける初老の武士。懊悩の果てに得る人間の強さを格調高く描いた感動の直木賞受賞作など、全三篇を収録。（縄田一男）
お-27-2

乙川優三郎
闇の華たち
許らずも友の仇討ちを果たした侍の胸中を描く「花映る」ほか、封建の世を生きる男女の凜とした精神と、苛烈な運命の先に輝くあたたかな光を描く。名手が紡ぐ六つの物語。（関川夏央）
お-27-4

奥山景布子
源平六花撰
屋島の戦いで、那須与一に扇を射抜かれたことから疎まれるようになった平家の女の運命は——。落日の平家をめぐる女人たちの悲哀を、華麗な文体で描いた短編集。（大矢博子）
お-63-1

海音寺潮五郎
加藤清正（上下）
文治派石田三成、小西行長との宿命的な確執、大恩ある豊家危急存亡の苦悩——英雄豪傑の象徴のように伝えられるこの武将の鎧の内にあった人間の素顔を剔抉する傑作歴史長篇。
か-2-19

海音寺潮五郎
戦国風流武士　前田慶次郎
戦国一の傾き者、前田慶次郎。前田利家の甥として幾多の合戦で武功を挙げる一方、本阿弥光悦と茶の湯や伊勢物語を語る風流人でもあった。そんな快男児の生涯を活写。（磯貝勝太郎）
か-2-42

海音寺潮五郎
天と地と（全三冊）
戦国史上最も戦巧者であり、いまなお語り継がれる武将・上杉謙信。遠国の越後でなければ天下を取ったといわれた男の半生と、宿敵・武田信玄との数度に亘る川中島の合戦を活写する。
か-2-43

（　）内は解説者。品切の節はご容赦下さい。

海音寺潮五郎
田原坂《たばるざか》
小説集・西南戦争

著者が最も得意とした〃薩摩もの〃の中から、日本最後の内乱となった西南戦争に材をとった作品と、新たに発見された未発表作品「戦袍日記」を含めて全十一篇を贈る。（磯貝勝太郎）

か-2-59

海音寺潮五郎
茶道太閤記

天下人秀吉を相手に一歩も引かなかった誇り高き男・千利休。二人の対立を、その娘お吟と北政所らの繰り広げる苛烈な人間模様を通して描く。千利休像を一新させた書。（磯貝勝太郎）

か-2-60

海音寺潮五郎
史伝 西郷隆盛

維新の英雄西郷隆盛は薩摩の風土・人情、そして主家島津家の家風と名君斉彬の存在を抜きには語れない。疾風怒濤時代の若き西郷の軌跡を辿り、その実像に迫る傑作歴史読物。（葉室　麟）

か-2-61

加藤　廣
信長の棺
（上下）

消えた信長の遺骸、秀吉の中国大返し、桶狭間山の秘策――。丹波を訪れた太田牛一は、阿弥陀寺、本能寺、丹波を結ぶ〃闇の真相〃を知る。傑作長篇歴史ミステリー。（縄田一男）

か-39-1

加藤　廣
秀吉の枷
（全三冊）

「覇王（信長）を討つべし！」　竹中半兵衛が秀吉に授けた天下取りの秘策。異能集団〈山の民〉を伴い天下統一を成し遂げ、そして病に倒れるまでを描く加藤版「太閤記」。（雨宮由希夫）

か-39-3

加藤　廣
明智左馬助の恋
（上下）

秀吉との出世争い、信長の横暴に耐える主君光秀を支える忠臣左馬助の胸にはある一途な決意があった。大ベストセラーとなった『信長の棺』『秀吉の枷』に続く本能寺三部作完結篇。

か-39-6

加藤　廣
安土城の幽霊
「信長の棺」異聞録

たった一つの小壺の行方が天下を左右する。信長、秀吉、家康と持ち主の運命に大きく影響した器の物語を始め、「信長の棺」外伝といえる著者初めての歴史短編集。（島内景二）

か-39-8

加藤　廣
信長の血脈
信長の傅役・平手政秀自害の真の原因は？　秀頼は淀殿の不倫で生まれた子？　島原の乱の黒幕は？　『信長の棺』のサイドストーリーともいうべき、スリリングな歴史ミステリー。
か-39-9

加藤　廣
水軍遙かなり　（上下）
瀬戸内の村上水軍より強いと言われた志摩の九鬼水軍の頭領・守隆。史料の徹底検討から浮かび上がる「ありえたかもしれない戦国時代後の日本」とは。（千田嘉博）
か-39-10

風野真知雄
耳袋秘帖
妖談うつろ舟
江戸版ＵＦＯ遭遇事件と目される「うつろ舟」伝説。深川の白蛇、幽霊を食った男…。怪奇が入り乱れる中、闇の者とさんじゅあんの謎を根岸肥前守はついに解き明かすのか？　堂々の完結篇。
か-46-23

風野真知雄
耳袋秘帖
銀座恋一筋殺人事件
品川、目黒、そして銀座。「大耳」こと南町奉行根岸肥前守の名推理が光る「恋の三部作」は遂に大詰め！　そして宿敵暁星右衛門の正体が明らかに！　「殺人事件」シリーズ第二十弾。
か-46-30

風野真知雄
耳袋秘帖
蔵前姑獲鳥《くらまえうぶめ》殺人事件
江戸時代、最も武士に憎まれていた商人が札差だ。そんななか上総屋だけが真当な商いをすると滅法評判だった。ところが上総屋に妖かしが出るというのだが……。
か-46-33

風野真知雄
死霊大名　くノ一秘録1
伊賀国でくノ一として修業を積んできた16歳の蛍。千利休から松永久秀を探る命を受け、父とともに旅に出る。そこで目にしたのは「死と戯れる」秘技だった。新シリーズ第1弾！
か-46-24

風野真知雄
死霊坊主　くノ一秘録2
生死の境がゆらぐ乱世で、即身成仏に失敗した筒井順慶——敵対する松永久秀の率いる死霊軍団との壮絶な闘いに、16歳のくノ一・蛍は巻き込まれていく！　圧巻のシリーズ第2弾。
か-46-25

（　）内は解説者。品切の節はご容赦下さい。

風野真知雄
死霊の星
くノ一秘録3
彗星が夜空を流れ、人々はそれを弾正星と呼んだ――。松永弾正久秀が愛用する茶釜に隠された死霊の謎。狐憑きが帝の御所で跋扈するなか、くノ一の蛍は命がけで松永を探る！
か-46-26

風野真知雄
後藤又兵衛
確執、出奔、大坂の陣での献身――。朝鮮の役、関ヶ原で活躍、黒田家にその人ありと称えられ、筑前大隈城一万六千石城主となった、後藤又兵衛の人生を描く雄渾な長編小説。（細谷正充）
か-46-31

風野真知雄
歌川国芳猫づくし
今なお人気の浮世絵師、歌川国芳が風刺画、春画、滑稽画を引っ提げて江戸の怪事件に出くわす！　猫を愛した天才絵師が活躍する、ユーモア溢れる短編集。（金子信久）
か-46-32

梶　よう子
一朝の夢
朝顔栽培だけが生きがいで、荒っぽいことには無縁の同心・中根興三郎は、ある武家と知り合ったことから思いもよらぬ形で幕末の政情に巻き込まれる。松本清張賞受賞。（細谷正充）
か-54-1

梶　よう子
夢の花、咲く
植木職人の殺害と、江戸を襲った大地震、さらに直後に続く付け火。朝顔栽培が生きがいの気弱な同心・中根興三郎は、無関係に見える事件の裏に潜む真実を暴けるのか？（大矢博子）
か-54-2

梶　よう子
みちのく忠臣蔵
旗本の嫡男・光一郎は、友が盛岡・弘前両藩の確執に絡み、不穏な計画を立てていることを知る――。〈陸奥の忠臣蔵〉といわれた事件を背景に、武士の〝義〟を切実に描く傑作。（末國善己）
か-54-3

北方謙三
独り群《ぐん》せず
大塩の乱から二十余年。武士を辞めて、剣を包丁にもちかえた利之だが、乱世の相は大坂にも顕われる。『杖下に死す』続篇となる歴史長篇。舟橋聖一文学賞受賞作。（秋山　駿）
き-7-11

（　）内は解説者。品切の節はご容赦下さい。

北原亞以子
恋忘れ草
女浄瑠璃、手習いの師匠、料理屋の女将など江戸の町を彩るキャリアウーマンたちの心模様を描く直木賞受賞作。表題作の他、「恋風」「男の八分」「後姿」「恋知らず」など全六篇。（藤田昌司）
き-16-1

北原亞以子
あんちゃん
江戸に出た若い百姓が商人として成功した後に大きなものを失ったことに気づく表題作など、江戸を舞台にしながら現代に通じる深いテーマを名手が描く。珠玉の全七話。（ペリー荻野）
き-16-8

北原亞以子
ぎやまん物語
秀吉への貢ぎ物としてポルトガルから渡来したぎやまんの手鏡が映し出す、於祢、淀君、お江、尾形光琳や赤穂義士らの心模様。著者の遺作となった華麗な歴史絵巻。（清原康正）
き-16-9

北原亞以子
あこがれ
続・ぎやまん物語
八代将軍吉宗と尾張藩主宗春との確執から、田沼意次、平賀源内、最上徳内、シーボルト、そして黒船来航、新撰組や彰義隊の闘いと、ぎやまんの手鏡は映し出していく。（米村圭伍）
き-16-10

北原亞以子
初しぐれ
夫に先立たれた女の胸に去来するむかし言い交した男の顔。表題作など晩年に発表した時代小説五篇と、椅子職人だった祖父をモデルにした幻の直木賞受賞第一作を収録。（鈴木文彦）
き-16-11

北　重人
花晒し
元芸者で亡夫の跡を継いだ元締・右京が、江戸の街に起こる事件を鮮やかな手筋で仕切る―。急逝した著者の最後の連作短篇ほか、新人賞を受賞した幻のデビュー作を収録！（池上冬樹）
き-27-5

小前　亮
月に捧ぐは清き酒
鴻池《こうのいけ》流《りゅう》事始《ことはじめ》
尼子一族を支えた猛将の息子は、仕官の誘いを断って商人の道を歩む。日本を代表する鴻池財閥の始祖が清酒の醸造に成功するまでの波乱の生涯を清々しく描く。（島内景二）
こ-44-2